驚艷(ㄢ)古亭的五彩拼圖

林泰安 製作
楊維仁 主編

序

文學五彩，繽紛饗宴

古亭國中校長　林泰安

「文學的光透過五彩的窗，撒落一地的韻與暈，鮮活躍然。」

　　朗朗書聲迴響在優雅的教室間，馥馥花香流動在蓊郁的綠草邊。古亭國中的老師們引領著孩子，在實地與感受的空間中游移，以文學與藝術的符碼，逐層解析，描繪訴說，構築起我們走入的大千世界。108 年學校以全校式藝術與文學推動榮獲《教育部藝術教育貢獻獎全國績優學校》最高獎項，109 年的此刻，我們攜手同行，合心齊力，重探付梓分享的喜悅。感謝主編楊維仁老師、美編江紫維老師、王家笛老師、行政同仁及出版社「萬卷樓圖書公司」，看著一塊塊獨特精彩又相互融通的拼圖，看似沒有邊界，卻有完整意象，時空流轉，愈顯得壯闊。

　　《驚艷古亭的五彩拼圖》精選古亭國中學生文學創作43 篇，插圖43 組，書中的插畫皆由本校學生繪製，在文學創作的類型上，包含散文、新詩、小說、俳句、絕句五類優秀作品，出版彩色文學創作專輯。作品來源包括國際性及全國性文學獎項優勝作品，如世界兒童俳句比賽優勝、教育部全國海洋詩創作比賽優選、全球華文學生文學獎國中組新詩第二名、南投青少年文學創作獎國中組新詩第一名、數感盃青少年數學寫作競賽國中組新詩優選、新北市文學獎青春組

散文佳作等；地方性文學獎項，如北市青年金筆獎國中組新詩第一名、臺北市經典閱讀心得優選等；另又收錄古亭青年文藝獎特優作品、國文教師推薦佳作、古亭國中暑期文學寫作營優秀作品等。

　　文藝是真實生活的寫照，是夢想高飛的大鵬，是沉澱映光的華池，是悠然神怡的徐風，更是古亭校園最珍貴的滋養。107年出版的《邂逅古亭的56朵芳菲》，收錄學生校內校外優秀新詩作品，搭配學生繪製彩色插圖，榮獲臺北市教育叢書競賽特優及美編獎。此次，《驚艷古亭的五彩拼圖》延續此編輯精神，更擴大文學創作形式，收錄同學們在新詩、散文、小說、俳句及絕句此五類的創作，同學們藉由生活的觀察、生命的體驗、生動的筆觸，透過多元形式創作，輕觸著歲月的質地，品味著記憶的醇厚，連貫起那綴綴然且鮮明的文藝精神。此本刊物的出版，從撰文、選文、繪畫、分輯、目錄、訂名、寫序、封面設計與版型規劃、送印、打樣及新書發表，皆由古亭師生細緻安排。文學如畫，我們相映其中；畫如文學，我們流連往返。文學與藝術的種苗，植於古亭的校園沃土中，歷經數年光景，用情深耕，那些自土壤中鑽出的翠綠生機，一朵朵芬芳的想像，一幅幅韻致的風景，就此醞釀蔓延開來……

　　我們走在文藝的旅途，回首仰望，天外雲舒，灑得自在。

目錄

驚艷古亭的五彩拼圖

金山磺港蹦火節

顏子玗

民國 96 年生，興趣是畫畫、打球、聽音樂和看電影。目前是信友堂鳴恩管絃樂團第一小提琴手。曾經榮獲南投青少年文學獎國中新詩組第一名暨散文組第二名、金陵文學獎國中新詩組第二名、全球華文學生文學獎國中組新詩入圍。本詩先後獲得台北市海洋詩創作徵選優等、教育部海洋詩創作徵選優等。

金山磺港蹦火節

顏子玞

滿天霞光為樸實的磺港鋪上一片絢爛的柔毯
當港岸上的燈塔眨亮了黑夜的眼睛
我們乘坐的海釣船一如　巨鯨
浮游在粼粼的金光中
沿著東海岸線　朝向南方
追尋傳說中的蹦火仔船

迎著那帶有鹹味的海風
我們的鯨船激越起銀白色的浪花
漫向昏暮的　燭台雙嶼
而當無盡的漆黑
吞沒了巨大的　象鼻岩
隱藏了峻峭的　酋長岩
基隆嶼也在茫茫的月色中若隱若現
直到我們抵達蹦火仔船所在的漁場

砰！瞬間火光乍現
成千上萬的青鱗魚是朵朵飛蹦的　火花
是磺火為闃暗的海天融熔成的　金色的夢

看哪！巨大的漁網裡滿是活跳跳的「金」鱗魚
換不了幾兩黃金卻總是滿載一夜又一夜的疲憊
更滿載著頭髮斑白而後繼無人的老漁夫
零落的盼望與無言的嘆息：
那曾經榮登國家地理頻道舞台的磺火船
日益破落的最後四艘船體未來如何撐起
號稱全世界　僅存
傳承百年的磺火捕魚古法的　浪漫慶典

第二屆教育部海洋詩創作徵選國中組優選

圖／顏子玦

驚豔古亭的五彩拼圖

姆 海底龍宮

鄭融禧

民國 95 年出生於台北市，目前就讀於古亭國中。喜歡玩遊戲、上課、聊天和睡覺。

寫詩的時候，不管是心靈還是身體常常會陷入「當機」的狀態。曾獲第九屆古亭青年文藝獎新詩類優選、全國第二屆海洋詩創作徵選國中組佳作、第 16 屆世界兒童俳句比賽佳作、第 38 屆全球華文學生文學獎國中組新詩入圍。

姆　海底龍宮

鄭融禧

一萬五千年前　宙斯的怒吼
一夜之間　你被禁錮在海底的冷宮中

神殿的拱門依舊矗立著
女巫卻已不知所蹤
殿前的靈石　承載了無數祈願
沈重的浮不出水面
頭頂的那縷光
成為重獲自由的唯一盼望

安睡的雕像
彷彿是被施了魔法的睡美人
默默的　等待她命定的王子到訪
牆壁上的象形文字
可是解除封印的神秘咒語？

海龜　穿梭古今的使者
背上刻著來自時光和深海的訊息
述說　望眼欲穿的思念

每當我坐在海邊
浪花總會激盪起我的思緒
靜靜的　勾勒出
一幅如夢的雕欄玉砌

總有一天
我會穿上潛水衣　背上氧氣筒
赴　你的萬年之約

註：海底龍宮為宜蘭外海的「姆」古文明遺蹟。

第二屆教育部海洋詩創作徵選國中組佳作

圖／鄭融禧

驚豔（ㄢˋ）古亭的五彩拼圖

大海龜的魔幻劇場

顏子騂

民國 93 年生，目前就讀永平高中美術班。喜愛幻想，腦筋裡總有許多美好的點子，對圍棋、花式跳繩、自然觀察、繪畫有濃厚興趣。曾獲古亭青年文藝獎新詩組首獎、國語日報孝親圖文創作佳作。本詩榮獲台北市海洋詩創作優選，內容乃是假想大海龜因遭遇塑膠吸管、廢塑膠袋、瓶罐、輪胎等各種污染後，「變裝」成文明「怪咖」的模樣。

圖／顏子騂

大海龜的魔幻劇場

顏子騂

因為練不成縮頭、縮尾、縮四肢的龜縮大法
我只能整天背著我這又笨又重的殼
在大海一望無際的劇場上
權充成一艘活動自如、永不擱淺的潛水艇

白天，當太陽躍入海面引領我一同巡航
便可以看到成千上萬的塑膠水母大軍
以寶特瓶、保麗龍、塑膠袋為武裝
它們隨著潮浪的舞蹈載浮載沉
像聲東擊西、神出鬼沒的水鬼—蛙人部隊
又像四處漂移、十面埋伏的水雷
更像令海中動物食指大動、美味可口的誘餌

好令人食指大動、美味可口的誘餌啊！
如今卻成了海鳥的喪服、海獅的裹屍布
中空環形的塑膠圈、廢輪胎
也成了鯊魚與虎鯨塑身的超級馬甲
那堅韌無比的破漁網牢牢套在身上的時候
就成了我大海龜同伴們華麗的絲帶、迷人的洞洞裝
而當太陽把自己的倒影當成鳥蛋
窩在尼龍絲線纏繞成的鳥巢
我也不再只是隨之英勇巡航的潛水艇
更是把塑膠吸管插進鼻孔中當成香菸戲耍的魔術師

看哪！看魔術師的我菸頭上氤氳飄飛的煙塵
那瞬間幻變成海岸邊火力全開的巨型煙囪
從此讓那濃到化不開的戴奧辛與層層霧霾，悄悄融入
我這盛大登場的——文明的奇幻魔境

台北市海洋詩創作徵選國中組優選

驚豔古亭的五彩拼圖

（豔 ㄧㄢˋ）

X

蘇怡璇

民國 95 年生於台北市，現在就讀古亭國中美術班。喜歡畫畫，看奇幻小說，有滿多鬼點子。平常其實不是很能夠寫出什麼好作品，但是如果是參加比賽，再加上老師的指導，也能達到一些水準。曾經獲得第三屆數感杯青少年數學寫作競賽國中組新詩類優選。

X

蘇怡璇

神秘的未知數
存在形式　不同
時　正
時　負
時而整數
時而分數

平時正向的積極
為什麼變得如此負面
一向完美的整體
又為何弄得四分五裂

那就像
有時正直嚴肅
有時負氣任性
又有時工整而無瑕
還有時分崩離析

神祕難解的你

圖／蘇怡璇

第三屆數感盃青少年數學寫作競賽國中組新詩類優選

驚豔的古亭五彩拼圖

驚艷古亭的五彩拼圖

政客

賴玫妤

民國 96 年生於宜蘭，現在就讀古亭國中。課餘時間喜歡畫圖、寫作，透過創作與繪畫記錄一些想法，也作為與外界溝通的途徑。曾獲得南投青少年文學創作獎國中新詩組佳作、全國數感杯青少年數學寫作競賽國中組新詩類佳作、台北市「上網不迷網」創意標語比賽國中組特優、古亭青年文藝獎散文組佳作與新詩組佳作。

政　客

賴玫妤

已知 X 的因數為
信口開河　不切實際
忘記承諾　相互猜忌
無所事事　濫用媒體

若以上為 X
（除了 1 與 X）
的所有因數

求 X 值為？

第三屆數感盃青少年數學寫作競賽國中組新詩類佳作

圖／賴玫妤

驚豔豐色古亭的五彩拼圖

「數美」遠行

周敏歆

民國 95 年出生於台北市，現在就讀古亭國中。我喜歡透過行腳的方式
察覺生活中美好的事物，舉凡美麗的風景、可愛的動物還有旅途上發生
的種種趣事……成為我文學創作的靈感或繪畫的素材。曾獲第三屆數感
盃青少年數學寫作競賽國中組新詩類佳作、第九屆古亭青年文藝獎散文
組首獎。

「數美」遠行

周敏歆

　　0.618 優雅漫步巴黎聖母院
窗扇在石牆間召喚黃金比例的晨曦
牽引莊嚴光影
聖院屋脊連接哥德式的黎明
　　0.618 歡愉流連巴黎羅浮宮
麗莎在廊柱中綻放黃金分割的笑容　前行喜悅身影
廣場錐塔披上黃金比的午后
　　速寫眼簾映像
佇在畫紙點點水筆輕輕
知性吶喊藍白紅　塞納顏彩雲水間
　　我帶著 0.618 遠行
根號間無理想念你　「家」
途中用畫筆捎信給你

信鴿繫著 0.618 誓言
拓撲時空的　置　有理　思念心境的　滯　無理
我繼續帶著 0.618 遠行
步步　在　你缺席的風景
履履　在　你占有的想念

第三屆數感盃青少年數學寫作競賽國中組新詩類佳作

圖／周敏歆

驚艷 古亭的五彩拼圖

三點一刻的奇想

秦楠淳

民國 93 年出生於台北市,現在就讀明倫高中,曾獲全球華文學生文學獎國中組新詩第二名。

我是個懶散的人。剛接觸到新詩時,覺得以這麼短的篇幅,就能寫出一個世界,多麼妙不可言!於是,寫著寫著,寫出了興趣;寫著寫著,求學的路上出現了好老師,讓我對於文字,有了更多的熱誠。如今,詩已成為精神糧食,往後,這條暴食的路將會繼續。

三點一刻的奇想

秦楠淳

細磨一瓢冥想
沸騰一壺思緒
填滿在參透的濾紙上
讓鵝頸壺細緻的傾注思念
讓時間悶蒸萃取
靈感的香味
纏繞著覺悟的苦想

也許
甜言蜜語的砂糖攪和
空虛幻影的奶泡覆蓋
輕輕為宇宙按下暫停鍵
享受那一刻的永恆
在滿溢著愛戀的瓷杯中
在那午後
啜飲是必須的

第卅七屆全球華文學生文學獎國中新詩組第二名

圖／秦桐彤

驚艷古亭的五彩拼圖

落墨

茅奕宇

民國 96 年生於彰化縣，現在就讀台北市立古亭國中。平時喜歡寫功課、
課前預習作業，同時也喜歡玩科學、參加任何活動。曾獲得古亭國中
109 年暑期文學寫作營新詩佳作。

落　墨

茅奕宇

亮到發白的　空間
被我的腳步　一點點的沾黑
摸不著　邊
望不見　底
我　毫無頭緒
只能漫無目的地走著
理想　執念　任憑時間追趕
迷失的　方向
一走一停　繞了一圈
無法擺脫
句尾纏縈的　圈套。

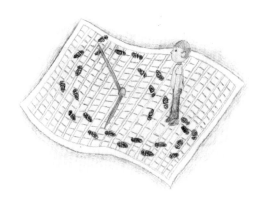

圖／范玉褆

驚艷（ㄢˋ）古亭的五彩拼圖

鉛

筆

楊雅筑

民國 93 年出生於台北市，現在就讀景美女中。平常喜歡看科幻、推理或是外國文學方面的長篇小說，也喜歡在空閒時間胡思亂想，常常靈光一閃想出一些鬼靈精怪的點子，好奇心強烈，只要有疑問一定會想辦法弄清楚。

曾經獲得《北市青年》金筆獎國中新詩組第一名、古亭青年文藝獎小說組佳作。

鉛　筆

楊雅筑

碳色的尖端
停留在　紙上
戳破了
靈感
開始　一筆一劃地湧出

第廿六屆《北市青年》金筆獎國中組新詩第一名

圖／楊雅筑

驚艷（ㄇㄚ）古亭的五彩拼圖

雕像

胡宸菡

民國 96 年出生於台北市，現在就讀古亭國中美術班。

平時喜歡畫畫、運動和嘗試新鮮的事物，不喜歡一直坐在教室內學習，是一個對未來充滿好奇，每天都過得很充實而開心的國中生。曾經榮獲《北市青年》金筆獎國中組新詩第一名、新北市工務局短文徵選學生組優等。

1

雕　像

胡宸菡

無數凝望的目光
為我而聚焦

燃燒著心火
一動也不動

第廿七屆《北市青年》金筆獎國中組新詩第一名

圖／胡宸菡

驚艷（ㄧㄢ）古亭的五彩拼圖

回憶

蕭裔洋

民國 96 年出生於台北市，目前就讀古亭國中。興趣是打籃球、玩遊戲、看電影和游泳，最愛吃的食物是海鮮和肉類，最不愛吃的食物是青菜。我很感謝楊老師的教導，因而獲得台北市「上網不迷網」創意標語比賽國中組佳作、《北市青年》金筆獎國中組新詩佳作。

回 憶

蕭裔洋

迷惘的螞蟻
從房頭到房尾
從房尾爬到客廳
從客廳跑去
最遙遠的餐桌下
找也找不到
蜜糖的蹤跡

香甜的印記
在空白之中流逝

第廿七屆《北市青年》金筆獎國中新詩組佳作

圖／陳昱妦

驚豔（ㄢ）古亭的五彩拼圖

F小調小提琴奏鳴曲

羅　依

民國 95 年出生於台北市，現在就讀古亭國中。喜歡閱讀金庸小說和古典詩詞、看貓戰士、聽音樂、解數學、和虎斑小狗玩耍。喜愛邏輯和規律，也熱愛傻笑跟放空。感謝老師的教導，讓我進入新詩的世界。曾獲古亭青年文藝獎新詩組優選、小說組佳作。

BWV1018：
F小調小提琴奏鳴曲

羅　依

巴洛克的管風琴從夢中響起
清亮的
楓木共鳴的天樂
悄然躍上聖彼得大教堂的塔尖
一曲巴哈
如天使之聲

沿著琴身完美的弧度
流瀉的音符　潺湲出一串
小調和弦
從弓尖灑落
悠遠迴盪　盪到弦的最初
琴頭　典雅的漩渦
迴旋，迴旋出七世紀的風光年華
步入　隱沒
歷史的洪流

如夢。
一曲巴哈

圖／吳家萱

驚豔
艷（ㄌㄢ）
古亭的
五彩拼圖

沉穩的悸動

李芷萱

民國 93 年出生於台北市，現在就讀中山女中。平時愛好看書、看電影、
射箭及畫畫。

執筆創作是在古亭偶遇的風景，跟著維仁老師學習，漸漸的讓文學在我
的內心紮根繁盛。曾獲新北市文學獎青春組散文佳作、長庚生物科技感
恩創作活動國中新詩組佳作、古亭青年文藝獎新詩組首獎和佳作。

沉穩的悸動

天色灰沉沉，雨勢稍微減弱了些，但冰冷的氛圍還是令人幾近窒息。計時器響第一聲，腰間繫了箭袋，使兩個大跨步閃過泥淖，我走向發射線，等待第二次鈴響出聲。俯視搭架在弓弦的箭，平滑的羽片沾點了雨珠，經我檢視過，三片轉向正確的角度，準備好散出蓄勢待發的銳氣——即便我的肩膀早就被什麼東西壓得無知無覺。

一般運動的競賽場館，全場觀眾拚命吶喊，回聲震耳欲聾，彷彿將巨型電子看板炸碎，狂烈的喧叫陪襯每個驚呼、亢奮，競爭勝利的分分秒秒，身子往往拒絕貼上椅子。相較之下，身為一個射箭選手，我想射箭不算是熱血的競賽吧——遼闊的場地，儘管比賽場合絕非這樣滾滾欲沸，緊張在屏氣之中卻仍熾然全場，熊熊燃燒。宏亮的鈴聲一飛衝天，彷彿人們聲帶的開關，一聲剎那切斷了所有音源，剩下風兒隨性呼嘯天地。發射線的世界平靜卻震撼，射手定睛在靶心，傲氣略略顯現在專注的面色，側身對著箭靶，非是身在這回戰事，恐怕難以揣摩盡致。冷靜的聽候風向，身旁一派寂靜，觀眾將這一刻的希望灌注在場，歡聲包覆在鼻息內，屏息期待箭支的落點，任興奮隨遞減的讀秒橫衝直撞。

戶外比賽有不少外力的干涉。從引弓到放箭，僅管一陣微風也值得比擬波濤，需出使更精湛的瞄準技巧，觀測

鯉魚旗揚起的角度，抓緊適切時刻出手，提高戒備。穩定以無懼研磨意志隨時作戰，破風而出。之於細長的箭，即使時速驚人，箭身重量配置多勻稱，也難免不受侵擾，但若用上長年堆砌的心牆，抵擋環境的無稽伺候，不成難事。是能真的將其吹垮，莫非刺骨的寒流，或是地動天搖的巨風吧！天氣就是變化莫測，一整天渡過，狼狽不堪早不以為意了，就連青天當空也有美中不足之地，過度刺眼的光芒著實發起不少困擾：金屬製的準星因大量反射光線失去功能，弓身是鐵製的，會迅速吸收日光而炙熱肌膚……甚至將靶紙全盤融蝕，偌大的光點綻放光芒，姿意啃食靶紙表面，眼前的目標就這麼被陽光藏了起來，撞見類似情形，無奈的也只能自恃經驗臨場反應，畢竟天氣這種外在因子，不能奢望總是隨心所欲。

　　第二次計時器響起，發射鈴尖聲長鳴，就算混入雨中依然清晰。一股凜冽襲上後背，我設法讓淋濕的弓減少點水滴，瞥一眼風向便順勢抬起弓，撐開，從呼吸的頻率尋找流暢，冰涼的弓弦經眼前吻上嘴唇；左手臂微微的向內轉，朝前挺直，砥礪弓身的重量，將它推向靶心；後手扣著弦，空間被重力使得扭曲，磅礡的力量向背部延伸──心跳聲隨之漸弱，水滴灑上睫毛，透明的輪廓一圈圈映入眼瞼，視線從環狀交疊的縫隙穿過準星，凝望著幾尺外，箭靶儼然一簇聖光，一眨眼就會消失不見似的。此刻寧靜顯得心跳微不足道，專注奪目旋出，朝往十分圈的黃心，深遠的奔向弓箭沙場，瞬間雙臂支撐起彼岸目標的志氣，身軀一縱一衡，畫成穩固的十字，呼吸停止了，沉著伴隨

堅定一體成型，佇立在射箭場，呈現在濛濛絲線間，交織在開弓的片段。直到，夾箭片敲擊剛硬的弓身，鬼魅的音調微弱又閃亮，除了本身是無法察覺，寂靜在轉瞬間被細細刮破——迷你的鐵片輕彈一聲，接著弓弦猛烈的震動，箭靶從遠處傳回扎實的低吼，鬆弛的弓受了彈勁倏然倒向前方，兩支弓臂在空中導出個半圓，再旋回原來的地方。期間唯獨雙眸不曾游移的，盯著靶、盯著箭，盯著箭飛行的軌跡，最後向我回報分數。

　　過程極短，一支箭的十秒鐘，就足夠詮釋我衷愛射箭的感動。一切對我如戲般莊重：須臾間拉開弓弦，好似我的心思也同時在一格格觀賞這齣短片，動作的意象晉升到肢體展現，每段細節終究盡心盡力，放出箭矢後也深刻自省，反覆的動作下，箭一支又一支射出，融貫身心協調及環境適應，才得以化為一部精裝傑作。箭支昂揚天際刺上終點，不只求動作精練、實況天時地利，教練說：「拉弓前吐一口氣，吐出淤積的雜念，吐出猶疑困頓，留下純清的思緒，動作就會簡潔有力。」志忑恍若心智產出的病原體，迫使心血揮發，從自信炸裂的間隙消散殆盡。灰澀的心緒不再有靶心的黃、鬥志的艷，只消沉絕望和苛責，有些時候握著弓，我不禁臆測起我的對手究竟存在何處，和我一起與風抗衡的選手們？又或入侵身體暗處的顫抖，這坦然像一場心理戰。

　　一支箭的旅程，騰空馳跑，汲汲競速，乘風緊繫

著圈環的命運，論勝利、論過失，拉弓……放箭……，醉身永恆的悸動，是從開始學習射箭那天，還是計時器響起那刻，記憶在跳躍的數字，記憶在定格的動作，一一填滿，站上發射線的時光。當烏雲纏鬥出更多的雨水，意外的，燦爛讓我的心情正無與倫比的晴朗。

　　時間滴滴流逝，計時已經走了一半，搖著風，沾濕的草兒略小擺動，我看到箭離開我手中，躍身竄向空蕩的大雨，水滴陸續延著眉梢落下，我隱約聽見隔在我們之間水花傳回那波低音，在視線上一圈一圈的剪影中，會迴盪整個下午。

第八屆新北市文學獎青春組散文佳作

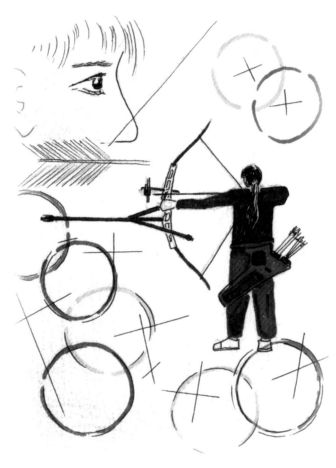

圖／李芷萱

驚
艷
古亭
的
五彩
拼圖

48

驚艷（ㄢ）古亭的五彩拼圖

與臺灣長臂金龜的揮別

顏子玞

民國 96 年生，對於畫畫、打球、聽音樂和看電影都有很濃厚的興趣；擅長小提琴演奏，目前是信友堂鳴恩管絃樂團第一小提琴手。本文為南投青少年文學獎散文第二名作品，此外，更曾獲南投青少年文學獎新詩第一名、台北市海洋詩創作徵選國中組優等、教育部海洋詩創作徵選國中組優等、金陵文學獎國中新詩組第二名。

與臺灣長臂金龜的揮別——
那一年在杉林溪的一段奇遇

顏子珙

　　牠揮動虎克船長金勾般的長手臂，像一台巨大的推土機，雄壯威武的往前挺進。我故意伸出手指擋牠的道，牠像長臂猿般奮力疾揮，我的手指雖然被牠前肢的鉤刺給劃出血痕，但我不但不覺得生氣，反而更目不轉睛地盯著這隻甲蟲界的王者——臺灣長臂金龜。

　　那一年夏天，和家人一同到杉林溪旅遊，晚飯後，走出飯店準備去夜遊，哥哥突然覺察到一陣奇特的聲音，「歪！歪！歪！」是從旁邊的花圃傳來的。一向有野外動物「擒拿手」封號的哥哥，立刻上前將臺灣長臂金龜給捕獲了。

　　說是臺灣長臂金龜，其實一開始我們並不清楚這隻擁有極長前臂的金龜子的真實名稱。由於牠硬殼上佈滿繁星般的斑點，在燈光下熠熠發亮，我便管牠叫「星巴克」。

　　「我們把星巴克帶回家吧！」我央求爸爸。爸爸語帶保留的說：「野外的昆蟲不一定都能帶回家，我得確定牠是不是保育類動物。」

　　爸爸這樣一說，讓我和哥哥都十分失望，夜遊的心情也大受影響。

　　回到飯店，我們迫不及待的將星巴克放到桌面上仔細端詳。星巴克一被放到桌面上，牠便死命地往前爬。淘氣的我，總是拿著小盒子擋住牠的去路。不過，星巴克不為

所動，直接攀上我設下的重重障礙，跌跌撞撞的，一副其笨無比的模樣，逗得我們笑聲不斷。

我們百「玩」不倦，玩得樂不可支，這時又聽到「老學究」的爸爸開金口了：「你們這樣玩牠，就算沒有玩死牠，也會把牠弄成殘障『蟲』士！」爸爸繼續板起臉孔，「就算這隻金龜子不是保育類的，恐怕也不適合帶回家飼養，我的良心告訴我，必須阻止蟲蟲危機的發生！」

「哦！不！拜託啦！」睡覺之前，我們於是不斷的請求爸爸，一定要讓我們把星巴克給「收編」了。不過，爸爸似乎吃了秤鉈鐵了心，用他的沉默回答了我們反覆的請求。

「歪！歪！歪！」唉！星巴克為我們演奏的催眠曲，恐怕過了今晚，就沒有明晚了！

我們就這樣與星巴克共度了一個美好的夜晚。

隔天一大早，「歪！歪！歪！」星巴克為我們響起迎接晨光的鬧鐘。我從睡夢中漸漸甦醒後，立刻從床上跳下來，繼續找星巴克同樂。

用完早餐，回到房間，我們開始收拾行李。在媽媽忙得不可開交，而我們兄妹與星巴克也玩得不亦樂乎之際，爸爸突然大叫一聲：「找到了！」接著他二話不說，搶走我們的星巴克，將牠放到手機旁，仔仔細細的比對了半天，然後，得意的告訴我們說：「牠真的是保育類的昆蟲——臺灣長臂金龜。」

真是不應該！爸爸不應該這麼快查出星巴克是「何方神聖」；更不應該的是，爸爸竟然還查出：將臺灣長臂金

龜帶回家，將會違反《野生動物保育法》，可以處六個月以上，五年以下的徒刑，併科二十萬元以上，一百萬元以下的罰金。

圖／顏子玞

　　雖然，我們萬般的不捨，然而，最後我們只能選擇將星巴克放生，只是，在放生之前，我忍不住使出了「拖延戰術」，就為了能夠和星巴克多相處一段時間。

　　到了不得不與杉林溪道別的時候了。為了星巴克的安全，我們選擇一個隱密的繡球花叢，將牠仔仔細細的藏了進去。

　　我永遠記得，揮手道別的時刻，盛開的繡球花霑被著微雨過後的雨珠，像我眼眶中不斷打轉的淚珠。

2019 南投青少年文學創作獎國中組散文第二名

驚艷（ㄢ）古亭的五彩拼圖

白色

陳奕璇

民國 95 年出生於美國洛杉磯，現在就讀古亭國中。平常喜歡畫畫，喜歡看金庸小說，偶爾也會很迷糊：帶鑰匙出門卻忘記鎖門、清潔深色衣服時不小心用到漂白水……。

曾經榮獲台灣癲癇醫學會關懷癲癇徵文比賽國中組第三名、《北市青年》金筆獎國中組散文佳作。

白　色

　　我總認為，白色象徵著純潔與高尚，而我也因此對它情有獨鍾。

　　每每於車水馬龍的街道上散步，我總會不自覺的去觀察身旁來來往往的行人。行人們的一舉一動，對我而言都別有一番樂趣。有時，看著小朋友剛被身旁媽媽數落完委屈巴巴的神情，我總會忍不住啞然失笑，因為我也是過來人；有時，我也喜歡觀察行人走路時各式各樣、五花八門的姿勢，甚至有點失禮的「學習」起他們走路的姿勢；有時，我也喜歡擅自揣度行人們內心的想法，讓各種各樣奇特的對話填滿我的腦袋。但是，近日我卻立志跟上時代的腳步，不再只是看些、學些孩子氣的東西。我告訴自己，我要懂得去「了解」各種人的穿著，並且成為一個能夠關心別人的人。

　　冬天的時候，我偶爾在街道上面，看到不少行人穿著一件白色的針織毛衣。一開始，我還覺得如此穿搭頗為美觀，因而有樣學樣的學著穿了起來。然而，某天當我於台北最繁華一隅——信義區，穿著我寶貝的白色針織毛衣閒晃時，我忽然「大夢初醒」，發現身旁有好多人的穿搭都與我如出一轍，我赫然發現如此隨波逐流一點都不特別！於是，我便有點討厭這個「人云亦云」，只喜歡隨波逐流的自己。隨後，我將

那一件白色針織毛衣封印於衣櫥最深處，設了七七四十九道咒語避免它再出來禍害人間之後，才如釋重負的哼著小曲離去。從此以後，我下定決心要去尋找我想像中特別的「白色」。

　　春天，是個百花盛開，萬物從冬眠中醒過來的季節。它代表著生生不息的生命力。從各角落竄起一絲絲溫暖的旺盛，將大地之母冰凍的心融化，冰冷隨著河川流入了湛藍的大海中。綠色的嫩芽，一個接著一個蹦了出來，努力生長。春天，正式宣告了一切新生的開始！某天，我佇立在草叢旁，用我那自以為能夠觀察入微的觀察力，凝視著小花小草，努力尋找著春天中，那特別的，我最喜愛的——白色的蹤跡。然而，任憑我如何認真，如何仔細，我始終找不著它的蹤跡，我低下了頭，頗感失望。我緊盯著散發無限生命力的花草樹木，心情卻逐漸低落，我決定離開這個惆悵的處所。沒想到，正當我扭頭的那一剎那，驚鴻一瞥一隻於花叢中翩翩起舞的白蝶。這隻白色蝴蝶使我熄滅的希望再次燃起，方才的失落感也因此一掃而空！我凝視這這隻蝴蝶，牠舞到哪，我眼神便飄到哪，彷彿一股神秘的引力將我雙眼牢牢吸住。我興奮到跟著這隻白色蝴蝶舞了起來，因為我終於在春天中找到了我心中特別的「白色」！

　　夏天，熾熱的陽光總是殘忍的將我身上的水分逼出，迫使我不得不找尋一處蔭涼處避暑。還記得有一年的夏天，天氣異常炎熱，汗水順著我紅得像蘋果的

臉頰滑落，像是雨水一般輕輕的、緩緩的落到了我的衣襟上面。我從口袋中拿出一塊繡著精緻小花的白色手帕，將珠珠汗水一滴一滴抹去，幼小的心靈不禁浮現出一絲絲的溫暖。我看了看這一條手帕幾眼之後，便小心翼翼的將它收入了我的口袋。記憶猶新，這一塊手帕是我的媽媽在某一次出遊時送給我的。當時年紀還小的我雖然不太懂美學，但是我自己覺得已能區分物品「好看」或「不好看」，剛好，這塊手帕被我認定為「好看」的物品。我纏著媽媽，幾番死纏爛打，使出了渾身解數只為得到這一塊手帕。最後，媽媽終於受不了了，於是便把手帕給我。我自然是欣喜若狂的，因為手帕的底色是由我最喜歡的白色所做成，上面繡著的小花更是有著畫龍點睛的效果，除此之外，這塊手帕的觸感更是絕妙，因此我愛不釋手，到哪都要帶著它。長大後我才知道，原來小時候那一塊手帕就是對我而言最特別的，白色了。因為它不僅僅蘊含著親情，還包含著童年最真誠、最永恆的回憶。

秋天，萬物的脾氣都十分暴戾。素來溫文儒雅的樹木不知道為什麼，脾氣也開始火爆了起來，竟然連頭髮都氣到變紅色，有些甚至還掉到了地上，任人踩踏，彷彿墮落的天使。瑟瑟的秋風，更是有別於夏天與春天徐徐的微風，總是喜歡在行人走路時發出一波波的怒吼，將地板上那一些墮落的天使們吹起，試圖將他們再次送回「天堂」，彷彿想要為他們討會公道似的，和大樹作對。我總喜歡在秋天的大樹下，隨

圖／陳奕璇

意踐踏那一片片「墮落的天使」。我在他們上面跳著輕快圓舞曲，雙腳才落地，腳下一片天使便發出了清脆的喀喀聲，令人聽了怡然自得。然而，這些天使已然墮落，他們不再純潔高尚，反而染上了一些血紅色。但是，我正在尋找的是皎潔的白色，而不是一片血紅。我默默離去，失望的抬頭仰望了一下天空，突然間，我發自內心的讚美了懸浮於天空中的白雲：「今天的白雲真是美麗。」說完，我再次抬頭看了看那一片又一片的白雲，我咧嘴一笑。「找到了！」我說著。我找到了，原來，「白雲」就是秋天中的白色。處處可見，卻如此特別的——白雲。

　　或許，我心中那「特別」的白色，在日常生活中俯拾即是。只是需要的不是自以為仔細卻其實膚淺的觀察，我需要的只是能夠在生活中驚鴻一瞥到各種美景，以及那能夠於平凡中尋覓到「特別」的能力。因為，生活中美麗的「白色」往往都是在我最漫不經心時發現的。也許，平凡即是美。

第廿七屆《北市青年》金筆獎國中散文組佳作

驚豔（ㄢ）古亭的五彩拼圖

眷戀你的溫柔

王芃雯

民國 93 年出生於台北市，現在就讀松山高中。憂鬱系水瓶，是靈魂來自 1930，悠遊於車水馬龍的 00 後，也是想逃離卻又瘋狂愛上這世界的瘋子。曾獲教育部海洋詩創作徵選高中組佳作、台北市國中「愛的時光隧道」小小說故事創作比賽特優、台灣癲癇醫學會徵文比賽國中組第二名、古亭青年文藝獎散文組佳作、優選、首獎，《北市青年》金筆獎國中新詩組佳作、陽明山國家公園古典詩競賽學生組入圍。

眷戀你的溫柔

王芃雯

一個星期天的早晨，我來到遍佈蒼翠的公園。朝旭透過扶疏的枝葉灑落在肩，隨後便輕易地破碎在地。早晨的東北風凜冽刺骨，迫使我仔細去感受腳底疏落的餘溫。或許實在太過寒冷，恍惚間，一段記憶驀然於心湖泛起陣陣漣漪。

那年冬天也是這般寒冷，卻因你的陪伴而變得溫暖，那樣的暖意，想必是晨曦無論如何也無法達到的。

於是，即便時隔多年，我依舊眷戀著，那些你給的溫柔。

約莫五年前，家裡來了位新成員。那是一隻戴著銀色揹帶的潔白倉鼠，家裡人說牠不久前才來到這個世界，今後便會成為我們的家庭成員之一。

望著初來乍到，如糯米團般圓滾滾的小生命，我的心底充滿了前所未有的喜悅。背上的銀色雪線，為牠小巧玲瓏的白色身軀襯得別具特點。於是急於取名的我飛快地轉動大腦，靈感登時從無數的齒輪中跳脫而出——不如便稱呼牠為「小銀」吧！

從那天開始，我每天餵食小銀最喜歡的飼料，每晚將牠放在臉盆裡，陪著好動的牠嬉戲。隨著時光推移，原先宛如毛絨公仔的牠長大了許多，我便在每個

星期天帶著牠來到遍佈綠蔭的公園，於微風輕拂下，在百花齊放的磚道上，開啓只屬於我們的微旅行。

就這樣，不論晴雨，我們都相約好在日日別有風情的公園裡，感受著春天才有的無限光景。晴空萬里，我們便靠著蓊鬱的花叢，嗅著清新淡雅的花香。春雨迷濛，我們便坐在復古的亭子裡，聽雨聲淅瀝，看煙雨朦朧。

不久，家人替我報名了直排輪課程，那時正值盛夏，我依舊攜著小銀來公園散步。只不過這次我卻多了份工作——練習直排輪。作為平衡感不佳的初學者，我時常摔跤，最後只得扶著欄杆盡心苦練，才能於跌碎骨頭的風險中倖免。

接連不斷的挫敗，終於使三分鐘熱度的我倦怠疲憊。當我感到筋疲力竭、想澈底放棄的時候，一股暖流驀地向低潮失落的我奔流而來。我轉過身迎向那突如其來的暖意，對上的卻是小銀映上陽光的雙眸。

那雙眼彷彿早已將人語中的一切鼓勵用詞訴說殆盡，牠目不轉睛地看著我，直到我明白了牠想傳遞的訊息——永遠不要輕言放棄。

這句話深深打進我軟弱的心底，我是個容易半途而廢的人，從小到大，我從來沒有過將一件事從頭到尾好好做完的經歷。

而在孟冬時節將初級直排輪澈底學完，是我生命裡第一段堅持到最後的經歷。

冬天的公園太過嚴寒，我沒辦法帶小銀出門散心，便帶牠來到我的房間裡，打開收音機收聽令人身心放鬆的抒情歌曲。昏黃夜燈下，牠依偎著柔黃色的燈光取暖，我則坐在牠的小城堡前靜靜望著牠潔白的身影。

　　小銀的存在，似乎使得嚴寒的冬夜都變得溫暖。別的不想，我只祈求這短暫的溫存，能夠受到童話魔法的渲染，化為永恆。

　　北風吹過，便是東風的到來。百花再度盛開，小銀的狀況卻不甚樂觀。牠愈發沉靜，似是失了力氣一般，宛如一名老年人，漸漸沒了活力。見牠如此，我越發心慌，生怕年邁的牠，會在某個夜晚不告而別。

　　我依舊帶著牠到公園散心，牠卻時常在路途中陷入深眠。春天已近尾聲，枝上的櫻粉紛紛萎落，宛如牠於風中飄搖，若即若離的氣息一般。

　　熏風催醒了夏荷，一個星期天的早晨，小銀的身體變得冰冷，如同我澈底破碎的心靈一般。我抱著牠哭泣，卻意外見到牠再度睜開了眼睛。那雙眼瞳中再沒有過去的神采飛揚，反而變得乾癟無神。我明知現在的牠定是痛苦萬分，只有通往西方世界才能使牠獲得解脫。卻依舊自私地告訴牠不可以睡著，自私地輕晃牠瘦小的身軀，試圖將牠從無邊的夢境中尋回……

　　五年後的星期天，我再度來到充滿回憶的公園。小銀曾在這裡，將五年前的每個星期天變得安穩祥

和。如今故地重遊，那段我曾眷戀不已的溫柔，彷彿隨著飛揚的思緒，再度於眼前上演。

　　曾經看過一部動漫，名為「眷戀你的溫柔」。我想，單憑這句話，便足以詮釋這段無比纏綿的舊憶了吧？

　　小銀，彼岸的你，近來可好？

第八屆古亭青年文藝獎散文組首獎

圖／王芃雯

驚艷古亭的五彩拼圖

那一味

王品淳

民國 94 年出生於台北市,目前就讀景美女中。曾獲得古亭青年文藝獎
散文組優選及佳作、小說組佳作。我很喜歡讀推理小說,更愛看電影,
有時間也會出去走走。我的散文多屬於寫實類的,常反映一些社會詬病
或人生常理,我的座右銘是「快樂是一分鐘,難過也是一分鐘,何不讓
自己多一點快樂呢?」

那一味

王品淳

　　在這繁華擁擠的城市裡，我們過著忙碌的生活，我看著街上的人，他們完美整齊，但我卻覺得他們少了一種味道，一時想不出是什麼，所以我並沒多想，只是繼續往前邁進，但奇怪的是我踏出去的每一步都越來越沉重，或許是地球在告訴我些什麼？

　　快過年了，我們家要去市場買過年要做的年菜，到了市場有許多的菜和肉，卻有許多菜價都漲了，不得不說，景氣越來越差了，就在此時，我身旁有位男子撞到我，卻只是看看我轉身就走，到了這時我才搞懂了，我們缺少的那一味，是人情，我頓時懂了許多事的原因，或許是少了一些人情味，我們才總是忙碌的奔波，忘了停下腳步看看這世界的我們，在這忙碌中變了多少，在想想這世界多了點人情味，又會變多少，我站在原地想了許久，如果多了人情味，大家就不會亂丟垃圾，如果多了人情味，就不會有全球暖化，許多事就不會發生，我突然覺得人是可怕的，是悲哀的，但我又能如何，我也只能不發一語的跟著他們腳步走，我感到難過又無助，但或許這顆地球感到更心痛，不，不只地球，在地球上生存的植物和動物們應該感到更無奈。

　　寒假還有一個星期，我們家卻突然回雲林老家，爸爸說要回去老家看看，看看山也看看海，順便看看

老鄰居還在不在，我們老家沒有人，因為經濟，大家都搬到大都市去了，但還是有些鄰居在，都是比我爸爸再老一輩的爺爺奶奶，所以一下車就看到廣大的稻埕，進去房子裡也是空無一人，讓我瞬間想去那冷酷無情的大都市台北，但我們到這裡沒多久，隔壁就要一位婆婆來敲門，開門後一看到我爸爸，就開心的打招呼，我們雖然有點驚訝但更多的是驚喜，我們走著走著逛到老街的入口，於是到老街裡走走，街上的攤販都很有朝氣，和我們的大都市比起，這裡的人似乎更開放也更加開朗活潑，我走著走著，邊走邊拍照，一不小心就將他人店外的食物給撞到地上，我驚訝的蹲下身子，急忙撿起食物一邊喊著對不起，幸好食物有包裝，不然要付錢了，但令我驚訝的不只是食物掉地，而是店家笑著說沒事沒事，如果是台北的店家，我可能就被瞪幾眼後冷言冷語了，店家的親切態度和大方的個性讓我感到一陣暖心，我將店家的笑容捕捉下來，也不忘離開時買幾包店裡的名產。

回台北時，我在車上想了很多，雲林的人似乎多了什麼，就在我百思不解時，爸爸下車買花生，在買家放花生到塑膠袋裡要秤重時，我分明看見秤重機上量的價格是三百，賣的人卻說二百，我好奇的問了：「不是三百嗎？」，對方卻回了：「大過年別想那麼多！」我懂了，當下那阿伯爽朗的回應，我終於知道雲林多的是熱情，我在上車時將賣花生的阿伯拍了下來，這趟老家之旅使原本因台北人忙碌而傷心的我，

得到雲林人滿滿的熱情。

　　如果我們做事時能多點熱情，想事情時能多點人情，會不會有許多事情因此改變，我或許改變不了這世界的冷酷，但大家可以每個人多點這種想法，我們生活的地方是不是能更好，地球是不是能更健康，經濟是不是能更發達，或許還有更多更多能改善的，所以別覺得自己的力量微薄，當大家的想法都一樣時，力量遠遠比你想得還巨大。

第八屆古亭青年文藝獎散文組優選

圖／許喬茵

驚豔古亭的五彩拼圖

餡餅師傅與幸福攤車

周敏歆

民國 95 年生於台北市，現在就讀古亭國中。我喜歡透過行腳的方式察覺生活中的美好事物，舉凡如詩如畫的風景、活潑可愛的動物、生活中的趣事……成為我文學創作的靈感或繪畫的素材。曾經榮獲「數感盃」青少年數學寫作競賽國中組新詩類佳作、古亭文藝青年獎散文組首獎。

餡餅師傅與幸福攤車

周敏歆

「迎曦‧製餅」

　　破曉時分，朝陽初升，熹微的陽光穿透雲、霧、玻璃窗，餡餅師傅搶先太陽一步睜開了雙眼，一同迎來靜謐的早晨。穿上舒適的工作服，繫上油漬印記的圍裙，捲起袖子，戴上帽子，接著一陣忙碌，蔥薑酒水打入三七肥瘦絞肉，去腥提味，俐落快刀蔥花韭粒落下，成就絕世鮮美的餡料……冰藏。推著攤車到繁榮的市區街上，擀著醒好的麵劑子成圓，左手轉著填餡的麵皮，右手拉提捏合成型，鐵板上煎著滋滋作響的蔥韭豬肉餡餅，這群餡餅用香噴噴的味道向每天早起，努力打拼的男男女女，老老少少招手晨安，歡迎光顧！

「元氣五臟廟」

　　「老闆，我要兩個蔥韭豬肉餡餅！」一個穿著學校制服，背著書包的小男孩說。他的嘴角有著一道口水痕，臉上帶著一絲睡意，睡眼惺忪的樣子，手上還拿著一本單字本，嘴裡喃喃ABC排列組合著。「來了！你的蔥韭豬肉餡餅。」「謝謝老闆！」，小男孩開心的坐在人行道旁的木椅上，他輕輕的打開了紙袋，拿出還冒著煙，熱騰騰的蔥韭豬肉餡餅，張大嘴巴咬了一口，青蔥、韭菜的清新香氣和豬肉的肉香，從口鼻直衝腦門，大腦瞬間能量灌頂，小男孩的五官露出滿足的微笑表情，睡意霎時煙消雲散，餡餅果腹，小男孩充滿元氣的背起書包，腳步輕快地走向學校，精神抖擻，面對教室內的晨間小考。

「思鄉幸福胃」

「老闆，我要三個蔥韭豬肉餡餅！」高分貝嗓門客人，是北漂的上班族，拂面而來的風，和著餡餅的香氣，不油膩，卻是很清甜，很純粹，充滿幸福的感覺。

「蔬盆雜蒿韭，一箸異鄉味。」──穀日立春（宋‧王十朋）

豬肉和餅皮的滋味，讓異鄉遊子回味起老家父親常親手做的餡餅家鄉味，他想起了小時候父親常告訴他韭菜能解毒、潤肺、養氣，而蔥可以健胃、整腸、消炎，常吃它可以保持身體健康；青蔥、韭菜的氣味也讓人想起鄉下田裡帶著新鮮蔬菜的清爽空氣，城裏的空氣挾著家鄉過往的點點滴滴，心中有種滿足思鄉的幸福。

「餡餅的材料──加味元氣和幸福」

餡餅師傅在揉麵糰時，揉的不只是麵粉和水，而是將口腹滿足及滿滿活力的能量揉進麵團裡，餡餅不僅填飽了人們的胃，也溫暖了彼此的心：準備要考試的小學生，因為吃了蔥韭豬肉餡餅，退去了臉上的睡意，獲得了迎向學習挑戰的滿滿能量，就和蔥韭餡餅的名字一樣，「蔥韭，衝久！」；從外地北漂工作的上班族，因為老闆的手工餡餅，感受到了家鄉熟悉的味道。城裡攤車的溫馨，撫慰思鄉遊子的心！

第九屆古亭青年文藝獎散文組首獎

1個20元

驚艷古亭的五彩拼圖

圖／周敏歆

驚豔（一ㄢˋ）古亭的五彩拼圖

Into

the

unknown

蕭沁惠

民國 95 年出生於台中市，現在就讀古亭國中。

幻想是基本生命需求，其次喜歡睡覺、畫畫和可愛的事物。一直到國中才對作文有所接觸，參加過的比賽不多，曾經獲得古亭青年文藝獎散文組優選及佳作，希望之後能越寫越好。

Into the unknown

蕭沁惠

　　原來是護士的徐佳瑩，憑著對音樂的熱愛，現在成為了台灣的知名女歌手；省話一哥蕭敬騰，主持金曲獎大受好評，目前還擔任音樂節目評審的固定班底；日劇《小海女》的女主角小秋，從一個沒自信、沒有存在感又膽小的女生，為了好朋友，前往東京築夢，成為知名女團的成員。他們的職業，都跟自己的個性或是原本立定的志向，沒有太大的關聯，也都曾經對年輕或未來感到迷惘，但是憑著學習的毅力，以及聆聽內心的聲音，現在都在各自的領域中發光發熱。

　　早晨前往學校的那二十分鐘，唯一的樂趣便是戴上耳機，配合心情和天氣，放出自己私藏已久的歌曲。在陰雨綿綿，令人心煩的日子，放上一首陳綺貞的「小步舞曲」帶有些空靈氣質的旋律，加上她溫柔乾淨的歌聲，雨天頓時變得十分浪漫，偶然加入的幾句 mv 台詞也好似成了這首歌的一部份；或許那天是個完全沒有考試的日子，又恰巧在路途中看見緩緩升起的和煦陽光，選擇幾首盧廣仲的歌，總是能讓原本就不錯的心情再好上幾倍，歡樂又有些跳 tone 的曲調，和他爽朗富感染力的聲音，像是在開派對般的氣氛。曾經有一次在聽其中一首歌的時候，唱到：「我要看到你在遠方大聲呼喊著我」往窗外一看，正巧看

到一個阿伯往我這個方向熱情的揮手，讓我不經會心一笑。

　　這就是我喜歡音樂的原因之一，它總能帶領你到不同的場域。

　　悲傷的、熱血的，帶有不同色彩的旋律，精挑細選填上與它相襯的詞，譜出一首首扣人心弦的歌曲。一首歌帶給人的感受，除了編曲與用詞，最重要的就是負責詮釋情感的歌手了，要唱出歌詞中的情感，技巧可是很重要的，咬字、換氣、轉音、抖音……還有配合不同的歌曲，演唱的抑揚頓挫，如一首失戀的情歌，放輕聲音，加上些許的抖音，它可以是平靜的、壓抑的，但若加重在副歌時的情緒，搭配上唱高音時的轉音，它也可以是絕望的、撕心裂肺的。除了唱出感情，整首歌的穩定度和台風、呼吸聲……等，細節也得要面面俱到，才能造就一首膾炙人口的好歌。

圖／蕭沁惠

不過，歌手身為公眾人物，所擁有的知名度，既是個優點，也是個缺點，雖得眾人簇擁愛戴，或許收入也不少，相對的自由卻被大大的限制住，戀愛、私生活被無限放大，無論是過度關心的粉絲或是無所不在的狗仔，都是讓人不堪其擾的存在，經常看到有藝人不敵壓力，而有吸毒或自殺等偏差的行為，實在讓人遺憾不已。

　　我很喜歡歌手這個職業，在音樂的宇宙中，用歌聲療癒大眾，帶給大家正面的影響。擅長畫畫的我，雖然個性比較內向，不敢在人前表現自己，對樂理也不是很了解，站上台更是個大挑戰；但是我在家放鬆時所哼唱的歌曲，頗受爸媽好評，自己也很享受在唱歌的氛圍中，我有時也喜歡天馬行空的幻想，能夠帶給同學歡笑，所以內心總會有個微小的聲音，像是在提醒著：「成為歌手」這件事，卻在現實理性上又覺得自己不適合，一直在這樣的矛盾中打轉，該如何像徐佳瑩、蕭敬騰……等人，突破自身的限制，勇敢離開舒適圈，跨入這個被鎂光燈的強光照射下的舞台，這是我未來要面對的一大挑戰——朝向未知探索。

第九屆古亭青年文藝獎散文組優選

驚艷古亭的五彩拼圖

沒有煙硝的戰爭

蔡睿璟

出生於民國九十六年，家庭和諧溫馨，從東園國小畢業後到古亭國中就讀。文學是我的一大愛好，只要有時間我就會翻閱各式書籍，從外文翻譯小說到華文小說皆在我的閱讀範圍內。因為自幼就受到書香氣息的熏陶，在國小時就開始嘗試自己寫一些小短文，文筆也在慢慢的進步，期許有一天我能夠寫出優美、富有文化深度的文字。

沒有煙硝的戰爭

蔡睿璟

2019/5/24（日）　天氣：晴　心情：忐忑

清晨，太陽在還帶著淺淺睡意的時間點，身披厚實的雲層棉被賴在地平線編成的床上不肯起來。偶有一絲頑皮的陽光從棉被裡偷偷跑出，好奇探看那些緊關起的玻璃窗裡到底藏著什麼樣的秘密。

手機的通知提示音從一大早就不停歇，配合一則一則蹦蹦跳跳的訊息出現在我眼前：有道早安的，也有為彼此加油的，更多的是互相鼓勵的暖心話語，讓我從昨晚就煩躁不安的心情慢慢平靜下來。我知道，今天所發生的事情或許不能夠改變我們的一生，從更長久的回首來看，它甚至只會佔據人生旅途上一個微不足道的車站，但對現階段的我而言，今天就是我目前人生以來最重要的關卡。

在出發之前，我進行了最後一次的確認，確認各項必備用品是否帶齊，准考證、美術用具、水壺……，那時候的我以為一切都準備就緒了，卻怎麼也沒想到美工刀竟被我遺忘在家，孤伶伶地躲在書桌角落啜泣。

一路搭爸爸的車抵達考場，路程之順讓我們比預期的還要早到。前一天看考場時道路壅塞的情況還歷歷在目，但今天通車順暢的反差令我大感訝異，不過轉念一想，我覺得這大概就是考運昌隆的預兆吧。

看考場和實際應考當天的心情截然不同，也許表

面上大家都看起來一臉鎮定、談笑如常，其實某些人早已緊張到手心冒汗、頭痛胃痛了。

削鉛筆、擠顏料，所有人都默默做著準備工作，希望能把自己最好的一面展現出來。我提早五分鐘上樓，右手放在胸前，以深呼吸來整理好心情，然後繼續大步向前，用我的最佳狀態應考。

我想，那時候的我們像一群即將要上戰場的勇士，只是對手不是軍隊，沒有兇殘險惡的武打場景、沒有血肉橫飛的恐怖戰鬥，只有最普通的美術用具和紙張做為防身的武器。敵人只有三個——素描、水彩以及創意表現，在這間無聲的戰場上，我們只需要盡情地展現自己的才華，揮灑屬於自己、屬於青春的色彩。

考題古靈精怪的程度總是出乎我們意料之外，不是平常熟悉的鐵鋁罐、冰塊、花瓶。可是我們明白，不論敵人是什麼樣子，我們的工作是拿起素描鉛筆將它畫出來，用我們學習到的所有，盡可能地將考題活現於純白世界上。

時間的腳步飛快，而且從不等人。他不等活力充沛的少年少女、不等勤奮努力的中年人、當然也不會等一群既焦慮又興奮的考生。

在所有人都專注於手邊工作的情況下，象徵結束的鈴聲響徹耳邊——最後的一科考完了。我重重吐出一口氣，現在是暫時的解脫，卻不是完全結束，因為還有公布成績和撕榜在等著我們。

今天的我已經盡力，後續就交給未來的自己吧！

圖／黃宥綾

驚艷（一ㄢ）古亭的五彩拼圖

致未來的妳

馬日親

民國 95 年出生於台北市，現在就讀古亭國中，喜歡閱讀和畫畫，看書在我的日常生活中佔了大多數的時間，每當我一翻開書本就會進入自己的小世界，專心的把書仔細的咀嚼一次又一次。曾經榮獲台北市國中經典閱讀「以書映光」徵文活動優選、古亭青年文藝獎小說組佳作。

致未來的妳——
閱讀《老人與海》有感

馬日親

圖／陳勇翰

親愛的：

　　最近可否安好？身體是否安然無恙？

　　妳一定想知道為什麼我要寫給 52 年後的妳，我有好多的話要對妳說，希望妳願意把這封信看完。我並不知道 52 年後的妳會怎樣，是否有自己的目標？是否和喜歡的人告白過？在人生的路途中是否有哪些令妳難過？但是我想在這封信裡面告訴妳人生是曲折

的，沒有遇到困難，有時候難免會遇到一些不如我們預期的事。我們要學習老人與海這本書裡面的老人，他堅強的精神與意志力，為了那一隻大魚努力奮鬥了三天三夜，就是為了要證明他有能力抓到魚。

　　我是一個缺乏意志力的人，希望長大後的妳能有所成長、改變。現在的我才 13 歲，而妳已經是個 65 歲的大人了；我還停留在童年，而妳已經出社會很久了。在妳的記憶中我到底是什麼樣的人？我真的好想變成現在的妳。童年已經不再美好了，即使日子再好，我只想和妳交換身分，妳過我的生活，我過妳的生活。我不知道妳的夢想有沒有實現，是否有朝著設計的夢想前進。我只能在這邊告訴妳，在這個世界上還有很多比妳更厲害的人。這句話並不是在澆熄妳的熱情，我是想要對 52 年後的妳說一聲：「加油！」，或許我們不能像老人與海裡面的老人一樣，但是「我可能會失敗，但我不會一直失敗。」這句話一定要記住，就像莎士比亞曾經說過一句話：「世人缺乏的是毅力，而非氣力。」不要逃避困難，不去試試怎麼知道會不會成功。騏驥一躍，不能十步；駑馬十駕，功在不舍。老人用了一個最笨的方法，但他堅持到底，所以他成功。「不拼不搏人生白活，不苦不累人生無味。」我想這是老人的想法。「每一天都是一個新的日子。走運當然是好的，不過我情願做到分毫不差。這樣，運氣來的時候，妳就有所準備了。」

　　老了，有很多的疾病，而且行動不方便，無法像

國中時代一樣跑跑跳跳了吧？還記得國一時選了田徑隊，但都沒什麼去練，而且有一次在衝刺的過程中不小心拉到腳，下兩個禮拜就要比賽了，現在想起來只能怪我不確實的做操，不知道有沒對妳造成日後的不便。我很常受傷妳還記得嗎？其中有兩次最嚴重，一次是腳，一次是手，而且我身體本身就不是很好，又常常跑醫院，面對吃藥的問題現在妳一定比我更常遇到，記得要好好地吃藥，確實的運動，只有身體強健才能對抗病魔喔。

「老，不是負擔；老，不是衰退；而是一次次的磨練。」

妳不必在意現在 13 歲的我，因為對妳而言，我應該只是曾經出現在妳生命中的影子而已。或許我曾經做過一些傻事，曾經強顏歡笑的過日子，但現在是妳在過日子，我只能祝福妳，未來 65 歲的我，還有希望、還有夢。

臺北市教育局國中經典閱讀「以書映光」徵文活動優良作品

驚艷（ㄢ）古亭的五彩拼圖

破蛹而出

鄭安妮

民國 92 年出生於台北市，目前就讀新北市立光復高中，是個看書會上癮，又會因劇情而爆哭的女孩兒，最喜歡在英文課放空想題材，對於能編織成似彩色緞帶般的無限想像力的黑白文字，有著莫名的鍾愛與執著。曾獲教育部海洋詩獎高中組優等、《北市青年》金筆獎國中小說組佳作、全球華文文學獎高中小說組入圍、古亭青年文藝獎小說組優選。

破蛹而出

鄭安妮

「夏蝶，老師相信你的實力！」老師把這份文件遞給我，衝著我信心滿滿的一笑，眼神中洋溢著驕傲。我向老師道了謝，便轉身離開了導師室。

才離開學校沒幾步，正要穿過馬路時，刹那！鳴笛聲急促的響起，我眼睜睜的看著那輛汽車，因失速，朝我衝撞而來。當下的腦袋一片空白，我忘記要閃開，直到四周響起尖叫聲，才意識過來自己已倒在柏油路上，感覺到有溫熱的液體緩緩的從身體流出，手中的書也不翼而飛，劇痛！襲捲而來。這一撞不只把我的身體給撞傷，一併連同我的未來也撞沒了⋯⋯。

「你看！就是她！名校的高材生。」「不是吧！高材生讀這邊？少來了！」嘲諷聲傳到耳裡，我不禁皺了皺眉頭。這樣的閒言閒語已經持續好一段，我早已習慣成為別人的茶餘飯後。就算解釋又能怎麼樣？反正沒人會相信！「你們別講了，她在看！」「你怕她幹嘛！哼！一定是她作弊被踢出來，沒學校讀，只能來這邊吧！」領頭的女生趾高氣揚的說，還不忘朝我瞪一眼，我垂下頭，收拾東西快步離開。

我死死的抓著課本，飛奔出去，含在眼眶的淚始終倔強的不肯出來，還是不能接受！來到這裡的學校

圖／鄭安妮

已有好一陣子了，面對一開始的言語攻擊我只能再三解釋，後來才明白，信你的，不用解釋；不信你的，不必解釋。

我從隨手攔的計程車上下來，直奔浴室，衣服也沒褪去，便將全身埋進水裡，淚在水中散了開來……。

我從醫院醒來後，經過醫生多次的檢查。他點了點頭想了一下才開口說：「嗯……從數據上來看，還有些的不穩定！但我還是建議……」接下來任何的話我都放空腦袋的躺在潔白的病床，直到他們讓我安靜的休息。我心不在焉的盯著眼前的時鐘，看出了神，漸漸地，視線模糊了，水霧瀰漫整個眼眶，像洩了水的大壩，從我兩頰潸潸落下，絕望湧上了心頭。

為什麼我努力這麼久，上天！你卻狠心地摘下我的雙翼，將我打下地獄。那夜……我躲在浴室放肆的大哭，因為我知道在水裡沒人聽到我這般絕望又悲憤地哭聲，不斷肆意而出……。我快速的抬起頭，奮力的換氣，這讓我想起之前在醫院待的那陣子。

換了一套衣服出來，想起下禮拜有場開學舞會。這些對我來說都不重要，因為我壓根就不想參加，可學校規定全校的學生務必要參與這次的活動。

短短的兩天放假一下子便過去，但這兩天我並沒有去逛街買衣服抑或去邀約舞伴，而是利用空閒時間來讀書，我發著呆，眼前的蝴蝶日曆還停留在「倒數12天」，目光漸漸變模糊……，我眼睛所沁出的淚

水滴落在牠艷麗的雙翼上，頃刻，悲傷被氣憤所取代，我抓起日曆狠狠的往牆上一砸！「砰！」的一聲，它撞擊在牆壁上，塑膠架變了形，紙變得皺褶難看。看著這一幕，我高興的一笑，呵呵！沒了，什麼都沒了，要它還有何用！我癲狂的笑著笑著……眼淚也流著流著，我，又哭了！

　　這一覺醒來才發覺已到了下午，我等時間差不多了，便到衣櫥前，隨便拿了一件連身裙就往身上套。慢悠悠的去搭車前往學校。

　　學校門口，一連串的小燈泡掛滿校園的樹，紅色的地毯延伸至大廣場，看來學校是砸下血本來打造這盛大的舞會，我心想。

　　學生廣場改成了舞池，旁邊則是自助吧，有精緻的小點心與飲料等……，我到台前拿了杯果汁，在附近蹓躂，舞池中央已有好幾對情侶在卿卿我我，突然，我愣住了，眼前一個熟悉的身影出現，又瞬間消失在人群中。這……！她難道是！我快步上前想找尋那倩影。「啊！不要亂推！」我跌跌撞撞的推開旁邊的女孩，被我撞開的她，痛的摀住左肩，氣憤的嬌喝。可惜的是我並沒有找到那匆匆消失的身影，手中的飲料也不翼而飛……或許在震驚當下，被我摔在地毯上，才沒有發出聲音，我也並未察覺。一路上，不時有男生找我搭訕，但我腦中滿是那身影，我只能不斷地婉拒。看了手錶上的時間，嗯！可以離開了。這「象徵性」的出席已經夠了，我還特意地繞了一圈，看看

圖／鄭安妮

是否能遇到那個人，但結果還是讓我失望。

　　我拖著疲憊的身子離開，出了校園，無意看到一個影子閃進小巷，我馬上跟了過去，因為那是「倩影」，拐進小巷，裏頭卻無人，就在我轉身離開的頃刻，那熟悉的黑影出現在我面前。我驚叫一聲，被嚇到的並非是突然出現的人影，而是「她」的臉！我臉色蒼白，不可置信地睜大雙眸，踉蹌地後退幾步。「嗨！」眼前的女孩衝我甜甜的一笑。「你！你是誰？」女孩向前走了一步，歪著頭回我說：「我是『你』呀！」女孩嘲諷的嗤了一聲。我看著她，不！是長得跟我一模一樣的人，連穿著都是淡藍色的及膝短裙的「我」一步一步的走近。一個步伐不穩，便摔倒在地，嘶！我痛得臉色更加蒼白。等到我抬起頭，眼前的「我」已消失不見。腳踝處傳來一陣陣的疼痛，我嘗試手撐在地上，想要站起來，卻使不上力，碰到地面的瞬間，一股錐心的痛從腳踝傳過來，我又跌坐在地上，悶哼了一聲。我不放棄的往旁邊爬，雙手高舉著去抓住凹凸不平的紅磚頭，奮力地拖起身子，小心翼翼的不讓扭到那隻腳接觸到地面。我一步又一步地向前走，淚水又再度奪出眼眶。

　　才到了家門，堅持不住的身子便癱軟下來，我跌坐在地上，迷茫的望著眼前院子，悲痛的哭出了聲。眼淚模糊了視線，那熟悉的身影又再度出現於眼前。「哎呀！你怎麼又這麼狼狽呢？」她雙手抱在胸前，眼中的嘲諷刺激到了我。我氣的睜大雙眸瞪著。她窈

窕的身材，朝我款款走來，蹲低身子，嫵媚一笑，下一秒「啪」眼前一黑，我便暈倒在她的懷裡……。

頸肩的刺痛，不禁讓我倒抽一口氣。「喔？終於醒啦！我還以為你要睡到天亮呢！」我睜開雙眸，掃了窗戶一眼，嗯？外面還是暗的。再看了眼時鐘「兩點四十分」「你是誰？」「我叫Algos！你的『雙胞胎』哈哈！」她銀鈴般的笑聲傳入我的耳裡，滲入心頭如深淵的惡鬼。我害怕的一步步後退，直到身體緊緊地貼在牆壁上。「不要靠近我！走開！」我雙手摀住耳朵，歇斯底里的嘶喊，Algos一步上前，捉住我正虐待頭髮的手。「夠了！」我奮力掙扎，不願承認自己已經病了。「求你，不要出現！這一切不是真的！嗚嗚……。」一時承受不住打擊的我，眼前一黑，我全身一軟，癱軟了下來。

我昏昏沉沉的坐在位子上，雙手撐著下巴放空著。昨晚發生的事情不斷在我腦海中迴盪……。「那個！夏同學！」我抬眸一看，一身白裙子的女孩站在我面前，有些手足無措。「你叫我？」我一問。「你最近要小心點！少走偏避的地方，有人想對付你。」我笑笑地看著她。「你在恐嚇我嗎？」「不是的！我沒有那個意思，你不要誤會！」她慌亂的揮著手，頭搖得跟波浪鼓一樣，眼中是真的充滿關心。「溫蒂！她不相信就算了，走吧！」高個子的女生走過來，抓住那個叫溫蒂的手，白了我一眼，兩人便離開了。我並未在意她講的話，堅持走偏避的路，我不想接受的

別人睥睨的眼光。

　　「站住！」一聲嬌喝從我後方傳來。「就是她在舞會那天推我！」眼前的女孩假裝揉了揉臂膀，嬌聲的對一旁個子碩大的男生抱怨「不要生氣！我會幫你教訓她！」我開始擔心，這裡蠻偏僻的，就算大喊也傳不了太遠。

　　Algos！還有她！「Algos，我需要你！」Algos在一旁，雙手抱在胸前，玩味的看著我。「傻子！這裡不會有人！」高個子的男生上前就是一腳，我勉強的躲過一擊，「哎喲！你竟敢躲恁爸的攻擊！」男人再快速的一擊。「啊！」我狼狽地倒在地上，肚子不斷傳來劇烈的疼痛，我全身不斷地顫抖，一個黑影壟罩，我還來不及認出，啪！一巴掌落在臉上，力氣大到我嘴角都撕裂，血腥味瀰漫著嘴巴。「他＊的！叫你推我？活該！」接二連三巴掌不斷的落下，一旁傳來男人與女人的竊笑聲。我不知道自己躺在草地上有多久，直到Algos的聲音響起：「還不起來！你要躺多久？」我抬起雙眸看向Algos，她半蹲在我旁邊，眼中的嗤笑刺傷了我。

　　我把她推倒在地上。「你想把我折磨成怎麼樣！」我克制不住地向她吼道。她明顯被我嚇了一跳，挑了挑眉，雙手抱在胸前邪魅的一笑說道：「我對你做了什麼了嗎？」

　　「想想之前的你，現在呢？你變了！不再是那隻充滿自信的蝴蝶了！你早已捨棄你那雙翅膀，甘心妥

協於現實！」這支鋭利的箭，直直射進我的心裡，貫穿到底！「不！，不是我！是你，是你讓我變成這樣，你的出現，壓垮了我最後一根稻草！」我開始歇斯底里，手指著眼前的她，我不願意承認。

　　「我的出現，你自己最清楚。」「現在給我去看看自己的樣子，看看你有多麼醜陋。」她眼中閃過的凌厲，嚇到了我。

　　水面裡的我，除了雙頰紅腫、嘴角還夾著血跡與瘀青！但當我注意到自己眼中的狂亂時，我驚呆了！這還是我嗎？突然，Algos 出現在水面後方，緩緩地開口説：「你要知道，這並不是別人的錯，是你自己，夏蝶！」我趺坐在地上，雙眼黯淡了下來，失去靈魂的像個木偶。Algos 輕輕的把我從地上托了起來，輕柔的擁入她的懷裡，柔聲説：「親愛的，一切的罪惡由我來承擔就夠了！」我躺在她懷裡撕心裂肺的大哭。

　　經過了這次事件，或許是 Algos 的開導與陪伴，我嘗試去跟同學説話，而 Algos 則在一旁給建議；在孤單時 Algos 陪我聊天；在生氣時 Algos 成了我的出氣筒，任我打任我罵……，可這段美好的時光並沒有持續很久……。

　　「溫蒂，我先掛了，明天去學校再聊吧！嗯，拜拜！」我掛了手機，立刻轉過身子去與 Algos 分享。「Algos，我交到一個很好的朋友喔！告訴你……」直到我講完話，Algos 一聲不吭看著我。「你知道我

的名字由來嗎？」「我是悲傷與痛苦的化身」「你講這個幹嘛呢？」一股不安湧上心頭。「而這些是由你……」她抬起纖細的手指，點在我心口上。「這裡幻化成的！你的絕望、悲憤與邪惡一點一滴組成出來，形成一個完整的個體！」

「現在你已經不再需要我，我也是時候該離開了！」我的心口一縮，什麼！

「等一下！為什麼？你為什麼要離開！」我不可置信的撐大雙眸看著她，莫名的，我彷彿看到她眼中閃過的悲痛，狠狠的扎進我的心頭，好痛！心臟一室！我深深的喘了一口氣。

「當一切的悲痛與絕望消失時，就是我該離開的日子了。」聽到她這麼說，我的眼眶瞬間泛紅。「哭什麼！你不是一直希望我消失嗎！」或許之前有這樣的想法，可是……！我回她一個比哭還要難看的笑容，慢悠悠的說：「你帶給我的或許是地獄。但！在絕望中，是你朝我伸出一隻手，拉著我，從深淵中得到救贖。」我卑微的握住她的手，雙眼泛紅的說，那聲音如同失去父母的孩子，斷斷續續的哽咽著。

「你要堅信我不會離開，我只是轉化成另一種形體來陪你。」她決絕的扳開我握住的手，對我露出比蓮花還要純潔的笑容，一直以來她常擺出嫵媚或者邪魅的容顏，偏向成熟妖媚。但她此刻眼中是甜甜的滿足，像似得到糖果的小孩子。

我的雙手垂了下來，她在面前化成一隻隻的蝴

蝶，飛向書桌，停靠在上面，一眨眼的瞬間，蝴蝶不見了！而是一本塑膠夾歪掉，皺褶不堪的日曆，靜靜的躺在那裡，我衝到桌前，顫抖的手，緩緩的把它拿起來，剎那！看到她寫下的話有一滴水從字上落了下來，我的心抽痛起來。積在我眼眶的淚潰堤而下「嗚嗚嗚！……」我緊緊的把日曆按在胸口，我知道！上面的水滴象徵著什麼！那是她的淚，她的不捨！

十年過去了……。

「歡迎今天的主角……筆下的蝴蝶──迷蝶！」主持人語落。現場瞬間響起尖叫聲，不斷高呼著迷蝶這名字。在後台的我不斷著擦著手汗、吸氣與吐氣。「迷蝶小姐，該你出場囉！」我朝工作人員點點頭，提著長裙，舉步走了出去，踏進舞台的瞬間，全場嘩然尖叫與震耳如雷的掌聲讓我自信的露出笑容，這是我的處女作，一出版便得到廣大的迴響，銷售破萬，而今天是出版社為我而辦的簽書會。

「迷蝶，這是粉絲們票選最想提問的五個問題，你是否願意回答？」

「當然！」

「第一個問題，迷蝶小姐的全名是什麼？

第二個問題，迷蝶幾歲了？

第三個問題，迷蝶，你單身嗎？

第四個問題，作品靈感從何而來？

第五個問題，迷蝶是你的筆名嗎？」

「哦？」我挑了挑眉。第二、第三與第四個的問

圖／鄭安妮

題其實也還好，讓我驚訝的是第一、五個，這兩個問題挺敏感的，我就決定先回別的問題。嘟了嘟小嘴，思索了一下。「我芳齡二十七！目前單身中喔！」「至於剩下的問題……。」我沉默了片刻，咬住的下唇，思考著該如何開口，但Algos，我還是想跟大家分享關於你的事。

「的確，迷蝶是我的筆名，我的真名為──夏蝶！」台下的紛絲們紛紛倒抽了一口冷氣，瞬間一片死寂。「我就是書中的主角，一位曾得過精神疾病──人格分裂的患者！」「我不認為這是什麼可怕的病，反而它對我來說是一種幫助，它帶給我的，是一輩子最珍貴的禮物！沒有她，就不會成就現在的我，就如同書中封面所寫的話：親愛的，你曾在絕望的時候，有人朝你伸出一隻手，拉著你，從深淵中得到救贖。那隻手是Algos伸出的，她……」講到一半我便哽咽住了，我深深吸了一口氣，試著不讓眼淚落下。「她明明是個小孩子，偏偏要逞大人樣，幫我分擔那些痛苦……。」「希望你們在未來困境中，出現一個願意拉你一把的人」

結束了這次的活動，我從包包拿出了一本日曆，上面已翻到了最後一頁寫「不要怕！一切痛苦交給我就好！」封底的圖案上一隻蝴蝶破蛹而出……。

第廿六屆《北市青年》金筆獎國中組小說佳作

驚艷（ㄢˋ）豔古亭的五彩拼圖

延續

李恩慈

民國 96 年出生於新北市，現在就讀古亭國中。喜歡看動漫、畫圖，沒什麼夢想，只希望長大後能找到份跟自己興趣相關的工作，將工作與藝術結合，讓自己的生活更加充實快樂。曾獲得《北市青年》金筆獎國中小說組佳作、古亭青年文藝獎小說組優選。

延　續

李恩慈

　　熹微的晨光穿透玻璃，灑落在少女的水彩本上，少女
微微瞇眼，邊抱怨邊將簾子緊緊拉上，欲將刺眼的陽光驅
逐出她的視野。

　　少女有著如雪一般的頭髮，眼睛是碧色，薄唇微微抿
起。

　　吱呀──教室的門被輕輕開了。

　　「示曦，妳又在畫圖了。」來者是位黑髮青年，戴著
方框眼鏡，一副斯文書生的樣子。

　　「栗山老師。」

　　少女頷首。

　　「哇！越畫越好了呢！」老師注意到少女面前的水彩
本，表示驚奇。

　　聞言，示曦趕緊將水彩本遮住，臉頰泛起了紅暈，眉
眼間更是透露出羞澀的神情。

　　見狀，老師輕笑。

　　「老師又不會吃了妳，別這樣嘛！可以借老師看看
嗎？」

　　直到現在，示曦才意識到自己太過拘束，她輕輕遞上
水彩本。

　　畫中，一所美麗的學校躍然紙上，是示曦所就讀的學
校──槐川國中。

驚艷古亭的五彩拼圖

「對了，妳要不要參加全國性的美術比賽？」

　　「美術比賽？好呀！」

　　「太好了。我一直希望妳能參加」栗山老師將一疊紙交給示曦，「這是參賽的資料，回去讀一讀吧！」

　　「只要得到全國的名次，不僅可免試入美術相關學院，也能有獎學金。對妳來講是個很好的機會，如果得名了，妳的父母應該就會同意妳繼續往這條路走下去。」栗山老師笑笑的，似乎在為示曦感到高興。

　　「謝謝老師告訴我這個消息，我會努力的！」

　　「加油！我相信妳！」

　　噹噹噹──這時早自習的鐘聲響起。

　　「我該走了，示曦也趕快回到教室哦！」

　　老師向示曦揮揮手，便匆忙的離開。

　　老師的背影逐漸縮小，直到看不見時，示曦才不捨的合上水彩本，往教室的方向前進。

　　自幼，示曦就非常熱愛畫圖，但父母並不支持，還很排斥，最終和父母談和的結果，只能畫到國中畢業，之後就要認真讀書。

　　但栗山老師還是對她不離不棄，且很支持她，在示曦眼中，栗山老師是她人生裡一束光，在無法做自己喜歡的事，對未來感到絕望時，照亮她的世界，只有在老師身邊，才能感受到家人無法給予的溫暖。

　　原本老師應該在教室裡，教示曦畫圖，溫柔地對她說話（但一場突如其來的意外，破壞了這一切……）

「天有不測風雲，人有旦夕禍福，人事無常，請節哀順變。」周圍散佈著安慰的話語，牧師的聲音雖然撫慰人心，但在示曦耳中卻百般難奈。

一場車禍送走栗山老師，示曦的心裡空空落落的。

之後的幾天，示曦都很消沉，飯不怎麼吃，也不怎麼說話，整個人消受了許多。

「小曦，看開點嘛！」說話的這位是她的好友──柊嫻。

示曦沒有說話，只是朝這位好友露出一個憂傷的眼神。

明顯是來勸她的嫻不肯放棄，她不忍心看見好友臉上佈滿層層陰霾。

「怎麼見妳沒在畫圖？畫一下心情就會好起來的。」嫻將畫本放在示曦的桌上，並撿起她掉在地上的筆盒。

此時，示曦感受到友誼的溫暖，於是她提筆，畫下此刻最美的風景──好友的笑臉。

在翻找筆的過程中，一張精美的書籤從筆盒的夾層中掉了出來。

「哇！好漂亮的書籤！」嫻拿起書籤左右打量，「上面寫著『The dreams come true』耶！」

圖／李恩慈

驚艷「古亭」的五彩拼圖

美夢成真？啊！這是栗山老師送我的書籤，是他親手繪製的。一直以來，他希望我能參加比賽，並且得到好名次。

　　各種情緒同時湧上了心頭，示曦的內心五味參雜，記起了老師對自己說的話。

　　想到這裡，示曦不禁落淚，嚎啕大哭起來。

　　「欸欸？小曦妳怎麼了？」嫻被示曦這突然的行為給嚇到。

　　「那個⋯⋯我沒事。對不起嚇到妳了。」在回覆嫻的過程中，她也在心中悄悄地下定決心，一定要在美術比賽得名，這才是栗山老師最希望看到的事。

　　「妳確定？都哭成這樣，怎麼可能沒事？」嫻還有些驚魂未定，不過此時好友的表情，如同雨過天晴的彩虹，那樣的炫麗，那樣的燦爛。所以她也不再追問。

　　示曦俏皮吐舌，活像重新找到方向的老鷹，將再度翱翔。

　　當天晚上，示曦翻出栗山老師給她的資料，重新審視後，得知自己還有半年的時間準備。

　　於是她每天都空出時間畫圖，不顧家人的反對拼命畫，直到手都發炎，也是繼續練習。每當她想放棄時，老師送她的書籤成了她最大的動力來源，『The dreams come true』這四個字也深深烙印在她的心中，老師的話更在腦中徘徊縈繞著。

　　很快的，時光飛逝，到了比賽當天。

　　示曦很早就到了比賽會場，自然沒有任何一位家人願

意來幫她加油，看著別人的家人為他們家的小孩加油，心中不禁油生出一股羨慕。不過想想，有好友嫻的相伴，已經很幸福了。

在比賽過程中，示曦用盡全力，比以往都表現得更好。

她在比賽裡得了第一名。

在頒獎典禮那天，嫻送上了美麗的花束，示曦的父母也難得的出現，且表示會尊重她的決定。

圖／李恩慈

就這樣，示曦決定往美術繼續發展。

若干年後。

示曦回到母校教書，這時的她已經是個優秀的美術老師。

在經過舊美術教室時，示曦望見裡面有一幅畫，上面簽著栗山老師的名字。

示曦將布滿灰塵的畫作擦拭乾淨，回憶著從前的種種，並在畫前駐足許久，最後她甜甜一笑，留下一句『The dreams come true』便轉身離開。

示曦之所以會選擇當老師，或許是因為她想延續栗山老師的志業，鼓勵更多熱愛美術的孩子，將這把火炬越燒越烈，將美術之魂永存『槐中』生生不息。

第廿七屆《北市青年》金筆獎國中組小說佳作

驚豔（ㄢ）

古亭的

五彩拼圖

真相

郭靖珩

民國 93 年出生於台北市，目前就讀中正國防幹部預備學校。喜歡歷史及豐富的想像力，是我寫作的靈感來源，平常生活中的軼事，也會寫入文章中。當年投稿古亭文藝獎意外獲選，加上老師的指導與鼓勵，才讓我走上寫作之路，即使到了預校，仍常東塗西抹。曾獲古亭青年文藝獎小說組首獎及優選、中正預校「榮光文學獎」新詩組佳作。

真　相

郭靖珩

「我在哪？」沈之耀躺在炙熱的沙灘上，豔陽射入沈之耀眼中，瞇成一條線，他坐起來，手扶著額頭，望著一望無際，沒有盡頭的海平面……

前一天，一艘由高雄港開往帛琉的小船，載著植物研究所副所長沈之耀及幾名中研院的研究員，前往帛琉進行植物採樣。當晚，暴風雨來臨，風大浪濤，狂風暴雨，沈之耀正準備就寢，看著窗外的景象，嚥了口口水，便熄燈上床。

「機房進水了！」「抽水幫浦沒有用嗎？」「快把所以人集合到甲板，全體就棄船部署！」

暴風雨導致聲納器與雷達皆失靈，小船偏離航道後因天色昏暗而撞上暗礁，使船艙進水，船身開始傾斜，這時沈之耀驚醒，發現海水從房門灌進船艙，趕緊帶著隨身背包，連滾帶爬的爬出窗外，發現唯一一艘的逃生小艇已經開走了，前有追兵，後無退路的沈之耀，穿上救生衣，縱身一跳，落入冰冷的海水，隨即沒入洶湧的海水中。

船難發生後沒多久，逃生小艇上的船員才發現沈之耀沒上船，但因風浪太大，只好先向印尼海巡署求救，隨即被印尼海巡署發現，將逃生小艇拖到巴布亞的嘉雅浦拉港。

驚豔古亭的五彩拼圖

經過了一晚的漂流，沈之耀在清晨被沖上一座小島的海灘。

　　想起事發經過，沈之耀才驚覺自己落難了，許多船難事件，不停地在沈之耀腦中閃過，但他馬上冷靜下來，發現隨身包包還背在身上，因為擁有防水功能，裡面的物品完全沒有受損，沈之耀逐一地將包包內的東西取出，攤成一排放在沙灘上，當時事態緊急，沒時間拿太多東西，包包裡只有一瓶礦泉水、行動電源、充電線、多功能萬用小刀、GPS 定位裝置、GoPro 及錶帶斷裂的手錶，而放在口袋裡的手機早已損壞，沈之耀看著他僅存的七樣物品，沉思了一會兒，將它們放回包包裡，站起身，開始環顧這片沙灘。這座沙灘一方是一望無際的海平面，另一方則是被群山環繞的雨林，沈之耀取出 GPS 定位裝置，得知自己目前在印尼巴布亞省東南部，他馬上想起，BBC英國廣播公司的節目曾報導過，印尼巴布亞省的原住民，他們過著與世隔絕，石器時代的生活，並保有吃人的傳統習俗，也就是傳說中的「食人族」。儘管冒著被吃掉的風險，沈之耀還是抱持著「說不定會碰到某個文明小鎮」的想法，毅然決然朝著雨林走去。

　　走了約莫一個半小時，沈之耀拿出手錶看了時間，台灣時間下午三點整，也就是印尼的兩點，已經從雨林走到深山中，他坐了下來，並拿出礦泉水，嚐了一小口，潤濕已經乾裂的嘴唇，覺得自己不該這樣漫無目的地走，還是必須想個辦法才行。當他拿著

圖／林思妤

GPS 重新定位時，有個不明物體正朝他逼近，沈之耀抬起頭，校正方位，正好看見了這個「物體」：一名全身赤裸，身材高大，只穿一件丁字褲，皮膚黝黑，手持長矛，頭上的帽子扎滿奇高無比的羽毛，鼻子還掛有一枚 W 字形的獸骨的男子站在他前方，「該不會這就是傳說中的食人族吧？」沈之耀不敢置信眼前所看到的景象，「啊！」沈之耀大叫一聲，原來前方不只一個人，後方還有數名男子，沈之耀爬起來拔腿狂奔，但沒跑幾步就腿軟，撲倒在地，食人族見狀，衝上前，將沈之耀包圍起來，驚嚇過度的沈之耀，隨即便昏了過去。

「啾啾啾……」沈之耀被吵雜的鳥鳴喚醒，「嗯……」他坐起身，發現自己身處在一間由茅草及木條搭建而成的小屋中，地上堆滿稻草，屋頂不高，使得沈之耀必須彎著腰，朝著不知是窗還是門的方形孔洞前進，他將頭緩緩地探出，天色已經暗了下來，而他的包包跟鞋子被放在外面，「這該不會是門吧？」沈之耀猜測，但他心裡已經有數——「我被抓來食人族部落了！」

沈之耀小心翼翼地從長度不到他身高一半的「門」爬出，穿上鞋子，拿起包包，開始探索這個部落。整個部落由十幾間相同的圓頂茅草屋組成，並排列成ㄇ字型，中間有個廣場，廣場中央有堆正在燃燒的柴火，四周有著幾棵高聳的欖仁樹，樹上還建有樹屋，而部落後方還有一大片的果園，看來已經發展出

農業技術。但令沈之耀覺得匪夷所思的，是整個部落像鬧空城一樣，一個人都沒有，沈之耀繞了一圈，確定部落真的沒有人，便拿起一根燃燒的柴棒，走回原本的茅草屋中，並在屋外升起營火，爬回屋內，喃喃自語：「到底該怎麼辦？真的太詭異了！」說完，他從包包裡拿出 GoPro，決定記錄下這詭譎部落的一切，但他卻沒注意到，後方的山中，正舉行著某個盛大的儀式。

逃生小艇獲救後的隔天，印尼海巡署馬上派出搜救隊前往失事海域尋找沈之耀，但徒勞無功，沈之耀的家人得知此事後，心急如焚，在外交部的聯絡之下，前往嘉雅浦拉與其他研究員會合，駐印尼台北經濟貿易代表處也派人協助，這件事也隨著媒體的報導，成為轟動全台的新聞。印尼海巡署推測，沈之耀極有可能隨著洋流，飄到巴布亞東南部的瓦梅納（Wamena），那有個食人族部落 Labi，曾吃了某探險隊的成員，是個極危險的地方。為了營救沈之耀，我國及印尼政府聯合派出救難隊前往瓦梅納。

溫暖和煦的陽光從方形小門灑入，沈之耀張開眼睛，看了手錶，八點，他坐起身，肚子突然發出「咕嚕～」的聲音，他才想起已經將近兩天沒吃東西了，屋外的營火已經熄滅，沈之耀拿著 GoPro，爬出屋外，映入眼簾的是成群的食人族，有男有女，有老有少，有的頭上頂著竹籃，有的肩上扛著野豬，但皆只穿著一件丁字褲，與前幾天在山中遇到的食人族相同裝

扮，沈之耀見狀，呆若木雞地站在那，腦中一片空白，這時有隻手突然拍了沈之耀的肩，他緩緩地轉頭，「啊！」的大叫一聲，一名鼻子掛有獸骨製成的鼻環，頭戴羽毛帽的食人族男子，出現在沈之耀眼前，他緊靠在茅草屋的牆上，呼吸急促，心臟跳的飛快，「Are you ok？」突如其來的一句英文，用著低沉又沙啞的聲音，讓沈之耀感到驚訝，「是在對我說嗎？」，「呃…I… I am not the enemy.」沈之耀他解釋清楚，「I was shipwrecked. Please let me go. Don't eat me！」他用盡了所有的膽量，期盼能保住一條命，不過這名男子疑似只會說一點點英文，因此他並沒有回答，而是從帽子裡拿出一根貌似菸的物品，遞給沈之耀，並幫他點燃，平時不抽菸的沈之耀，為了活下來，只好硬著頭皮接受了。接著男子要求沈之耀跟著他走，一路上，所有食人族都停下手邊的工作，用奇異的眼光看著沈之耀，彷彿見到外星人般。

　　男子帶著沈之耀走到一棟部落裡最大的茅草屋，屋外裝飾華麗，牆上有許多圖騰，「門」也比沈之耀住的大得多，疑似是部落裡的交誼廳。進入屋內後，發現竟然有燈！沈之耀仔細打量男子的外觀，發現雖然他的身材壯碩，但頭髮跟鬍鬚都已蒼白，臉上也佈滿皺紋，明顯已有年紀。沈之耀與老人面對面坐下，「I am the leader of this tribe.」老人表明自己是這個部落的村長，「We are"Korowai", and you are in"Labi".」「Korowai？Labi？」，「Korowai」科

圖／林思妤

羅威是印尼食人族的其中一族。村長告訴沈之耀，「在幾十年前，曾有一群探險團隊，來到這個部落，部落裡的科羅威人第一次見到現代文明世界的人與物，十分新奇，並熱情的招待他們，但幾天過後，探險團隊裡的一名團員，因為水土不服，上吐下瀉，使得科羅威人認為他遭到邪靈 Khakhua 附身，根據科羅威人的傳統，遭到邪靈附身的人必須被吃掉，當晚，在巫師的帶領下，村長與部落的年輕人衝進探險團隊下塌的小屋，將那名團員抬出，拖到溪邊，巫師拿著石斧，敲向團員的腦部，隨即昏了過去，一群人野蠻的拉扯團員的四肢，將他的雙臂扯下，當場血流如注，一旁的小溪也被染紅，地上血跡斑斑，這時巫師用他沾滿鮮血的手，捧著一顆腦袋，要求其他團員將它吃下，因為必須由被附身者的家屬或親友將他的腦吃下，才能消滅邪靈。其他團員看到這一幕，嚇得拔腿狂奔，逃回山下，並把這件事公布出去，經過大家以訛傳訛，加油添醋，穿鑿附會後，使得科羅威人被冠上食人族的名稱。但其實『吃人』這個習俗早已停止，也有很多科羅威人的部落開始發展觀光，甚至還有 Wifi，但因為『Labi』曾發生「誤食」事件，大家聞風喪膽，避之唯恐不及，觀光發展不起來，文明也始終停留在原地，只有偶爾幾名會說英文的耆老，到山下的小鎮去交換物品……」沈之耀聽著村長述說著這段故事，並用 GoPro 錄了下來，決心幫助這個部落，洗刷清白。

一大清早，沈之耀拿著 GoPro，開始拍攝部落的一切，從他住的茅草屋開始，滿屋的茅草，極小的門，龜裂的木牆，任何一個角落他都不放過。接著來到廣場，發現廣場中的科羅威人們，正圍成一圈，手舞足蹈，原來是一年一度的山谷節，而且已經進行到第三天了，沈之耀眼看機不可失，是個宣傳科羅威文化的好機會，便鑽入人群中。每個科羅威人，各個身著乾草編織而成的背心，扎在頭頂的羽毛一個比一個茂盛，黝黑的皮膚上用白色的樹汁及滑石粉進行塗抹、裝扮，形成強烈對比，雖然每人都手持長矛，很是嚇人，但在盛裝打扮下，瑕不掩瑜，反而顯得華麗。人群中央架有木板做的高台，並掛有野豬、獸皮等。接著沈之耀來到了村長家，發現村長家外，竟排滿了頭顱，圍繞在屋外，讓沈之耀倒抽一口氣，佇立在原地不動，「難道村長說的是騙我的？其實吃人一直沒有消失？」但許多頭顱已經破損，堆滿灰塵及蜘蛛網，屋內的村長發現沈之耀站著不動，眼中充滿恐懼，趕緊解釋道：「These are the skeletons of successive village chiefs.」其實這些頭顱是歷居村長的，他們去世後，部落人們便將他們的頭顱保留下來，表示尊敬，也相信能帶來好運，沈之耀雖然懷疑，但還是相信了。

　　進入村長的茅草屋，地上擺著幾根被香蕉皮包裹的紅薯，村長將它們放進鋪滿燒到紅透的石頭並蓋有幾片嫩綠香蕉葉的坑洞，排列成圓狀，圓中央放上馬

鈴薯、豬肉塊和雞肉塊，隨即便飄出陣陣香味，沈之耀覺得這畫面似曾相似，便幫村長改良了這個坑洞，把石頭改成柴火，在洞口上放上一片石板，抹上豬油，並用小刀把豬肉塊、馬鈴薯切成片，放上石板，馬上滋滋作響，讓村長驚嘆不已，屋外也聚集了許多科羅威人，一探這新奇的烹飪方法，沈之耀想把這有趣的畫面錄下來，卻發現他的 GoPro 被一群小孩子拿去玩，他們天真的眼神好奇地盯著鏡頭，看著螢幕中的自己，滿臉驚奇卻又帶著純真的笑容，沈之耀看著他們，好像領悟了什麼一樣。

　　沈之耀躺在茅草屋中，望著天花板，嘴裡嚼著紅薯，靜靜地思考著，「又一天過去了，已經來到 Labi 三天了，還是必須想個辦法回去才行。」看著門外的夜空，沒有光害下，群星閃爍，星月交輝，想著「其實像陶淵明一樣，在這種遠離文明的地方，不被世俗打擾，過著無憂無慮，自在又純真的生活，也是不錯的呢！」

　　由中印兩國派遣的救難隊，及兩名印尼特戰隊員組成的搜救隊，一早到達瓦梅納機場後，雇了一名嚮導，立即駕車前往 Labi 部落，到了公路盡頭，一行人開始步行，穿過一座吊橋後，前方的路遭到封鎖線阻擋，但嚮導果決地將封鎖線扯下，大家戴上安全帽，進入了深山中。

　　跟村長討論過後，沈之耀決定今天離開待了四天的 Labi 部落，部落人們都依依不捨，而上午部落的

勇士們正好要出發打獵，沈之耀決定在離開前，一探科羅威人的狩獵方式，並把它拍起來。出發前，部落的男人圍成一圈，向山神祈禱狩獵活動能一切順利，祈禱完，一群人便浩浩蕩蕩的出發。一路上，科羅威人不停的發出類似猴子的叫聲，聲音宏亮，嚇飛了幾隻鳥，這時在 400 公尺外的另一群人也聽到了這聲音。

　　搜救隊走了一個多小時，突然聽見類似野獸的叫聲，他們不敢輕舉妄動，這時嚮導說：「這應該就是科羅威人的叫聲沒有錯了。」兩名特戰隊員馬上戒備，將槍口指向聲音傳來的方向，搜救隊緩緩的前進，叫聲也越來越大，突然，叫聲消失，當搜救隊員還摸不著頭緒時，一群皮膚黝黑的科羅威人衝了出來。

　　沈之耀跟著部落勇士們走著走著，勇士突然察覺不對勁，前方樹林疑似有外人，沈之耀正覺得困惑，「外人？他們怎麼知道？難道他們是狗鼻子嗎？」這時帶頭的勇士示意要大家安靜，接著他握緊長矛，獨自一人往前，越走越快，最後衝進樹林中，其他勇士也跟進，沈之耀也拿著 GoPro 邊拍邊往前衝，沒想到樹林裡的正是一群搜救隊，接著一陣吼叫，槍聲，吼叫，塵土飛揚，一片混亂，這時一名救難隊員大喊：「Discover the target(發現目標), cease fire(停火)」

　　回到部落後，科羅威人全部嚇傻了，他們從沒見過這麼多的現代人，對他們充滿好奇，而搜救隊員們

驚艷古亭的五彩拼圖

也嚇傻，他們從沒想過在 21 世紀的現代，還有人過著石器時代的生活。即便沈之耀告訴他們，科羅威人已經不吃人，但搜救隊員還是保持警覺，要沈之耀趕緊離開。沈之耀在 Labi 部落中央拍了最後一張照片後，便跟著搜救隊離開，結束了他四天驚奇的食人族之旅。

回到台灣後，沈之耀把那四天的經歷寫成一本小說，並將四天的影片剪輯成一部紀錄片，宣導科羅威人並不再是食人族，他辭去了中研院的工作，考取導遊證照，開始帶團前往巴布亞省的原始部落，而因為沈之耀的書，聲名大噪的 Labi 部落，成為許多探險團隊尋找的地方，但 Labi 彷彿消失了一樣，一直沒有人成功找到，沈之耀也在某天帶團結束後，突然失蹤了……

第八屆古亭青年文藝獎小說組首獎

驚艷^一古亭^的五彩拼圖

圖／林思妤

驚豔（ㄢ）古亭的五彩拼圖

揮擊

秦桐彤

民國 94 年生於台北市，現在就讀古亭國中，曾獲得日本航空財團「世界兒童俳句」大賞。聽音樂、看動漫、打球和睡覺是我最喜歡的休閒活動。自己平時也會隨手寫一些短詩，由於個性不夠積極，往往寫到一半就停筆了，所以這次的俳句比賽恰好符合我的寫作個性。我還是希望自己能夠多寫一些詩，變得更積極一些。

揮　擊

秦桐彤

揮出的決意
乘著夢飛向青天
劃出天際線

第十六回世界兒童俳句比賽大賞

揮出的決意
乘著夢飛向青天
畫出天際線

圖／秦桐彤

驚豔（一ㄢˋ）古亭的五彩拼圖

衝線

尤羿萱

民國 94 年出生於台北市，現在就讀古亭國中，非常喜愛繪畫和運動，是本校美術班和田徑隊的成員。曾獲得日本航空財團「世界兒童排句」大賞。

當初在創作這首排句時，回想自己參加田徑賽時最後一秒的刺激感，這是一件多麼令人興奮的事！一首短詩，再配上一幅畫作，我喜歡這樣不同的創作方式！

衝　線

尤羿萱

如子彈衝刺
發揮自我的極限
突破終點線

第十六回世界兒童俳句比賽大賞

如子彈衝刺
發揮自我的極限
突破終點線

圖／尤羿萱

驚艷古亭的五彩拼圖

射箭

鄭融禧

民國 95 年出生於台北市，目前就讀於古亭國中美術班。專長射箭和做白日夢，最喜歡歌手毛不易和高爾宣。曾獲古亭國中新生「舞穗」新詩創作特優、第九屆古亭青年文藝獎新詩類優選、全國第二屆海洋詩創作徵選國中組佳作、第 16 屆世界兒童俳句比賽佳作、第 38 屆全球華文學生文學獎國中組新詩入圍。

射　箭

鄭融禧

引希望之弓
將夢想射向未來
心靜即箭進

第十六回世界兒童俳句比賽入賞

引希望之弓
將夢想射向未來
心靜即箭進

圖／鄭融禧

驚艷古亭的五彩拼圖

驚艷古亭的五彩拼圖

白玫瑰

陳思嫻

民國 95 年生於台北，現在就讀古亭國中。喜歡看小說、看電影和讀書，不喜歡爬山和游泳，有懼高症，更愛天馬行空的胡思亂想，希望能夠實踐自己的理想。謝謝老師一直以來的鼓勵，今後我會更努力創作。曾經獲得古亭國中新生「舞穗」新詩創作比賽特優。

白玫瑰

陳思嫻

一綻傾城誰不醉？
嬌柔綺麗內含光。
人間故事君知否？
世俗煙塵從未嘗。

（押下平聲七陽韻）

圖／陳思嫻

梅

蔡樂容

民國 96 年出生於台北市，目前就讀於古亭國中美術班。喜歡貓、發呆和畫小插圖，不擅長於英文，目前志願是朝美術方面發展。曾獲得獅子會和平海報佳作和優選，尚未得到關於文學的獎項，楊維仁老師常誇我潛力深厚，我希望自己可以寫出好作品，發展自己的才能，也不辜負老師的期望。

梅

蔡樂容

花容鮮麗勝群芳，
一樹清香雪裡藏。
不與紅塵爭冶豔，
孤身獨立在風霜。

（押下平聲七陽韻）

圖／蔡樂容

驚艷(ㄢ)古亭的五彩拼圖

再見羅發號事件

郭靖珩

民國 93 年出生於台北市,目前就讀中正國防幹部預備學校。國中七年級的寒假,偶然投稿古亭文藝獎小說獲得優選,開啓了我的寫作之路。空閒時喜歡旅遊、攝影、慢跑、看職棒比賽等。曾獲古亭青年文藝獎小說組首獎及優選、中正預校「榮光文學獎」新詩組佳作。

再見羅發號事件

郭靖珩

二零五七年二月五日美國內華達州五十一區秘密實驗室：

「你被開除了！」指揮官對著一個男人大吼，「正合我意，我也不想再為美國做事了。」男人說。

這位男人是在美國出生的台裔排灣族人，父母皆來自臺灣阿猴（現屏東）的排灣族，為前美國陸軍少校，海軍特戰部隊 S.E.A.L（海豹部隊）的一員，名字叫泰瑞‧陳。

三個月前，美國太空總署發表最新研發的「時空探險者號」時光機。美國海軍立刻指派泰瑞經由時空探險者號回到一八六七年，目的在改變羅發號事件的結果，該事件是美國海軍從事海外遠征的首次敗績，而且竟然輸給使用弓箭和長矛的原住民。而派泰瑞除了因在職時表現良好，深受長官賞識，他還是美軍唯一精通中、英及排灣語的軍官，所以這次美國國防部找他回來執行任務。

一八六七年六月十二日臺灣龜亞角（現墾丁）龜仔用社：

風和日麗的早晨，處處鳥鳴，但在排灣族龜仔用社並不平靜，因為在頭目家屋外倒著一名打扮怪異的男子，他身穿排灣族傳統服飾，但背著陸軍迷彩背

圖／張惠喻

包，腳穿軍靴，他身材高大壯碩，五官明顯，皮膚黝黑，一看就知道是排灣族人，但龜仔用社沒有人認識他，就這樣，一群人站在頭目家屋外，圍著這位男子，頭目也不知如何是好，於是集合部落的長老，討論後決定先將他抬進屋內，等他醒來再好好問問他。

二零五七年二月一日美國內華達州五十一區秘密實驗室：

　　今天泰瑞穿著排灣族傳統服飾，背著陸軍迷彩背包，腰上掛著 SIG P228 型手槍及小刀，包裡除了裝現代和以前美國特戰部隊作戰衣及 M4A1 步槍外，還有時空無線電、睡袋、乾糧、飲水、指南針和打火機等求生用品，泰瑞心情五味雜陳，他慢慢地走進時空探險者號。「時空探險者號」是由美國太空總署及中央情報局共同研發的時光機，外型有如一座巨大的圓柱體保溫室，四周為透明玻璃，上方有數台氧氣機及多條電線，泰瑞的心臟撲通撲通地跳，工作人員將玻璃門關上，對著泰瑞說：「機器啟動時，可能會感到頭暈想吐，甚至失去意識。等到你到了那邊，務必在一八六七年六月十六日中午十二點回到你出現的地方，才能搭乘時光機回來，否則你就必須在那充滿野蠻生番的地方待一輩子了。」泰瑞深呼吸，突然，一道強烈的白光，令泰瑞睜不開眼睛，幾秒鐘後，玻璃艙內空空如也，留下目瞪口呆的政府官員。

一八六七年六月十二日臺灣阿猴龜亞角龜仔用社頭目家屋：

泰瑞緩緩地睜開眼睛，撐扶著頭說：「這是什麼地方？」。他環顧四周，發現被關在一個房間裡，房間的牆壁是用石板堆成。他坐在石板床上，旁邊放著他的包包，他趕緊將他的時空無線電找出，這時有兩名男子走進來，兩人都身材高大壯碩，一位脖子上戴著山豬牙項鍊，頭上戴著一頂用山豬牙做成的帽子；另一名男子腰間掛著番刀，背上背著弓箭，他們看到泰瑞醒來，驚訝地對他說「su tima？（你到底是誰？）ku matjani qeljuqeljuan icasav？（為甚麼倒在我家外面？）」泰瑞聽到後，隨便掰的一個理由：「ken……ken tjuljivar qinaljan，（我……我是隔壁部落的，）qemaljup tjani gadu，（打……打獵時不小心掉下山，）maqaput djemaljun maza。（滑到你們這。）」頭目想：這個男子又沒有威脅部落，於是讓他回去。一離開部落，泰瑞立刻衝進樹林中，拿出他的無線電：「泰瑞呼叫總部，我已經成功到達目的地，重複，我已經到達目的地，等待任務開始。」「收到。」總部回答。泰瑞換上早期陸戰隊的軍服，在龜亞角海邊一帶搭起帳棚休息，等美軍前來。

　　「嘟嘟嘟……」睡得正熟的泰瑞被一陣汽笛聲吵醒，他爬出帳棚向外望去，看見遠方有兩艘懸掛美國國旗的軍艦，沒過多久，幾名陸戰隊隊員駕著登陸小艇上岸，後面跟著好幾艘小船，等他們都上岸後，泰瑞混進被抓來搬運武器的原住民隊伍中。一行人共181人從龜亞角往東北方前進，於龜仔用社南方十公

里處紮營，預計隔日清早進攻，而泰瑞的任務是帶給指揮官相關情報，因為當年羅發號事件美國之所以會戰敗，有一部份原因是不熟地形，所以美國才派排灣族後裔泰瑞回到過去執行這項任務。

一八六七年三月十二日臺灣阿猴外海一帶：

　　一早，船長亨利駕駛著美國商船羅發號從汕頭（中國廣東省）行經臺灣海峽開往牛莊（中國遼寧省海城市），但船長和船員們殊不知他們正偏離航道，往東方的臺灣航行，非常不幸，羅發號在現今屏東鵝鑾鼻外海七星岩一帶時觸礁，船員們趕緊跳海逃生，在海中載浮載沉，最後包括船長有十四人成功在龜仔用社上岸，沒想到卻被龜仔用社人誤認成侵略者，亨

圖／張惠喻

利船長等十三人遭到「出草」，唯一倖免的粵籍華人水手逃至打狗（現高雄）一帶，向當地清朝官員求助，才得到保護。而美國知道此事後，派美駐廈門領事李仙得希望以談判和解，但龜仔用社人不讓他們上岸，令美方相當不滿，於是派兵攻打龜仔用社。

一八六七年六月十三日阿猴（屏東）龜仔用社：

「哎呀！碰碰碰」頭目家屋裡傳來一陣夾雜物品掉落的叫聲，族人聽到後趕緊跑到頭目家一探究竟。「namakuda？（發生甚麼事？）」族人問，「ken macelu qerengan！（我不小心從床上掉下來了！）」頭目驚恐地回答，「這該不會是什麼徵兆吧？」「要不要找巫師啊？」族人們在心裡想，但沒人敢說出來，這時，頭目的兒子出來說：「ken pakananguaq kim malada lalupeng（我認為還是找巫師占卜好了），su avan niamen mamazangiljan！（畢竟你是我們的頭目啊！）」於是一群人浩浩蕩蕩地往巫師家走去，這時他們看到巫師急急忙忙地衝出屋子，大喊：「tuluqu mekelj，qalja ngetjez！（快跑！白色妖怪來了！）」原來巫師前一晚睡覺時做了一個噩夢，發現有很多白皮膚的人攻打他們的部落，今天早上他又問了祖靈想求證，發現祖靈也說部落有威脅，但是祖靈又說不要怕，因為會有一名男子前來幫助他們，於是部落勇士們拿起弓箭、長矛和番刀，準備迎戰。

泰瑞跟著美軍走啊走，終於到了作戰地點，這時泰瑞上前想告訴指揮官如何攻打才能不費一兵一卒，

但指揮官說：「你只不過是個搬運工而已，我憑什麼相信你的建議。」指揮官執意選擇原本的計畫，果然，開戰不到十分鐘，美軍就因地形的不熟悉，造成三十幾人受傷，他們趕緊撤退，而泰瑞也只好無奈地跟著離開。回到指揮營後，長官們立刻召開緊急會議，這時泰瑞經過開會地點時，無意間聽到談話內容：「那幫野人真的有夠可惡，殺了我們的人不但不認錯，今天竟然在山崖上埋伏，傷了我們三十幾位弟兄，果然是生番，明天我們一定要贏，如果還是輸，大不了放把火把這座山燒了……」泰瑞聽到自己的族人被罵得如此，還揚言要把山給燒了，非常氣憤，又想到自己流著原住民血統，所以決定回歸，幫自己的祖先打美軍，給美國一個教訓，於是他趁著月黑風高的夜晚，換上排灣族傳統服飾，偷偷跑進龜仔用社。

一八六七年六月十三日晚上臺灣阿猴龜仔用社：

「zangal！zangal！（萬歲！萬歲！）tja qayaqayavan！（我們贏了！）」龜仔用社的勇士們歡呼，想在晚上喝酒慶祝，但頭目說敵方可能會回來復仇，還是提高警覺。這時，他們聽到樹林裡傳出「沙沙沙」的聲音和一個黑影，勇士們拔出番刀，等待那個不明物體出現。突然一個穿著排灣族服飾的男子走出樹林，勇士正要出去將他的頭砍下時，他一面躲開，一面用排灣族語說：「我是來幫你們的。」龜仔用人一頭霧水，這時巫師說：「su manu avan veqacan aya uqaljai？（你難道就是祖靈所說的男人嗎？）

avan ngetjez pusaladj niamen uqaljai？（是來幫我們打退白皮膚妖怪的男人嗎？）」泰瑞用排灣族語回答：「沒錯，就是來幫你們打退那幫可惡的美國人。」這時有人認出泰瑞就是昨天倒在頭目家門口的那名男子，泰瑞說白皮膚妖怪明天一早會進攻，有可能放火燒山，所以要求村民準備好大量的水，而巫師也向天神祈禱明天會下雨，接著泰瑞要求勇士們守住高點，並且搬運大量的石頭在美軍進攻地點旁的山崖上，如果一切都按照計畫進行，美國就會投降了。

一八六七年六月十四日上午臺灣阿猴龜仔用社山區：

泰瑞換上現代的特種部隊作戰衣，手拿 M4A1 步槍，帶領著幾名勇士到山崖上，等待美軍出現。沒過多久，泰瑞隱約看見樹林中有幾名手拿步槍的人，沒錯，美軍來了，勇士用木鼓傳達暗號告知敵人來了，這時泰瑞舉起步槍──他跟族人約定好，以槍聲為暗號，聽到槍聲就放箭──「三，二，一」砰砰！泰瑞開了兩槍打中一名軍人的左手臂，這時龜仔用社勇士們開始朝著美軍射箭，箭如雨下，好多人因中箭倒地，而泰瑞也用步槍，擊倒數十名美軍，包括不聽泰瑞建議的指揮官「麥肯吉」上校。原住民原本就有地形上的優勢，現在又有了泰瑞的幫助，根本是如虎添翼。美軍節節敗退，剩下僥倖倖存的士兵逃啊逃，跑進了一條兩座山間的乾枯河道，有名士兵覺得不對勁，抬頭一看，「Oh my god！」他大叫，原來有好多個龜仔用社勇士，身旁各有一顆巨石，「轟隆！」

有兩顆巨石掉下來，各擋住美軍的去路和退路，美軍想拿槍反擊，但是已經太遲了，勇士們把巨石推下山，「Ouch！」美軍想逃，但無路可走，只能等死，最後活下來的士兵屈指可數，而泰瑞等人也追了過來，將剩下的幾名美軍士兵，手綁著藤條，帶回部落。

在遠方就可看見部落的老人小孩列隊歡迎，連排灣族十八社總頭目卓杞篤也站在部落門口向他們揮手，因為這是歷史性的一刻，臺灣原住民竟然打贏擁有現代武器的美國，而且沒有一人死亡，當晚族人們大肆慶祝，而帶領他們迎向勝利的關鍵人泰瑞當然成為每個人關注的焦點，大家都想問他「是哪個部落的？」、「那件衣服和那個超厲害的進化獵槍（M4A1步槍）從哪來？」泰瑞像是被記者追問的英雄。今晚，他成為全社喝得最醉的人。

一八七六年六月十五日臺灣府城（現台南）：

泰瑞、美國駐廈門領事李仙得、排灣族十八社總頭目卓杞篤和羅發號生還者等人在臺灣府城談判，最終達成協議，排灣族願意歸還亨利船長的首級和所劫財物，並協議發生船難的人必須以紅旗為信號，排灣族人不得將他們殺害；美國也決定撤回正要前來支援的援軍，事情就這樣告一段落。

泰瑞看看時間，現在是十五號，明天就是離開的時候了，他幫助了自己的族人，心裡感到非常開心，但一想到回到未來要面對長官的責罵，令他感到非常沮喪。當晚他睡在頭目家，在床上左翻右滾的，不知

數了幾千隻羊，就是睡不著，他滿腦子都是如何跟長官解釋，如果說是因為一時氣憤才反抗命令，一定會被炒魷魚，想著想著，他也睡著了。

一八七六年六月十六日早上十一點整臺灣阿猴龜仔用社頭目家屋：

　　一群人把頭目家前擠得水洩不通，因為英雄要回家了，頭目把一頂山豬牙花帽送給泰瑞「icu tjalupun avan tja qinaljan tjalja（這頂帽子是我們部落最漂亮的帽子），pakavulj lemuvad su，（送給你）semangel malji。（當作謝禮。）」「masalu。（謝謝。）」泰瑞回答，泰瑞向頭目要求能獨自在頭目家外向祖靈禱告，希望其他人能先離開，頭目也同意了。十一點五十九分，頭目家外出現一道白光，泰瑞閉上眼，吸了一口氣，接著消失得無影無蹤。

二零五七年二月五日晚上十一點整美國內華達州五十一區秘密實驗室：

　　泰瑞閉著眼睛站在「時空探險者號」內，他聽到好多聲音，有工作人員的疑問聲，有機器運轉的轟轟聲，還有長官要泰瑞「滾」出來的罵人聲，他鼓起勇氣，走出探險者號，他走到長官面前，長官對他大吼：「你，被開除了！」泰瑞回答：「這正合我意，我也不想再為你們這群欺負我族人的白色妖怪做事了！」說完他把裝備丟到地上，瀟灑地走出實驗室。

　　遭到開除後的泰瑞，移居回臺灣，回到他的老家——屏東社頂部落，他考取了教師執照，決定留在社

頂教導當地原住民小孩英語。有天，他在幫部落製作英語觀光簡介時，發現一段歷史：社頂部落舊稱「龜仔用」，名稱來自排灣族原住民的龜仔用社，也是清領時期「羅發號事件」的舞台，當年的羅發號事件據說有名其他部落的男子幫忙，龜仔用社人才能打贏美國，而頭目為了感謝這位神祕男子的幫助，贈送一頂山豬牙花帽給他……

第六屆古亭青年文藝獎小說組優選

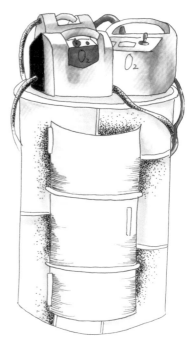

圖／張惠喻

驚豔古亭的五彩拼圖

德爾菲神諭

鄭安妮

民國 92 年出生於台北市,目前就讀新北市立光復高中,最近熱衷於寫
連載小說的自虐路程上。

喜歡藏伏筆和挖坑給自己跳,對文學又愛又恨,目前只想成為一個能把
興趣結合 108 課綱的小作家。

曾獲教育部海洋詩獎高中組優等、《北市青年》金筆獎國中小說組佳作、
全球華文學生文學獎高中小說組入圍、古亭青年文藝獎小說組優選。

德爾菲神諭

鄭安妮

漆黑如混沌的夜裡，繁華的神殿正浸泡在火海中，四面楚歌。「緹娜・德爾菲，聽著！現在妳必須離開，這裡已經淪陷了……。」「不！……姐姐我！」沒等女孩講完話，女人雙瞳瞬間放大，驚叫「小心！」她撲倒女孩，自己被高大的柱子壓在下面，一口鮮血從她嘴裡噴出。

她手緊緊握著匕首，毫不猶豫的朝腿上刺下去……德爾菲跛著一條腿跑出坍塌的神殿，望著從小長大的地方，她留下淚水，發誓一定要報仇！沒跑出多久，身後傳來腳步聲。

「啊！」德爾菲一聲慘叫，波斯軍隊來了！士兵抓住她的頭髮，往後

圖／鄭安妮

一扯，她便摔倒在地，被士兵拖著走，一路上不斷的掙扎，或許惹怒了士兵，他上前就是一腳。德爾菲昏了過去。

　　一身的冷水潑在身上，德爾菲顫抖了一下，濃密睫毛如蝴蝶的翅膀張開，入眼的是一雙比海水還要湛藍的碧眼。波斯將軍不禁一怔，他閱歷無數的美女，卻是第一次見到令他如此驚艷的女子。看著女孩撐起顫抖的身子，心裡竟然有些心疼。他看著女孩打量著四周，原本迷濛的眼神，瞬間銳利起來。

　　「小神諭，我給你一個活命的機會，你給我預知一下我們波斯的未來，說出我滿意的答案，我就放你走，但，」黃金椅上的將軍眼中閃過一絲殺意。「答案我不滿意的話，你將……。」女孩抬起頭，便對上男人戲謔的眼神。她看了眼身後的村民，他們的眼裡除了鄙視、淚水但更多的是恨意！女孩強壓下心頭的恐懼，緊握著，閉上了雙眼深深的吸了一口氣，再睜開時，眼中滿是炙熱的堅定。她勇敢的對波斯將軍咆哮：「你既然都說了我是阿波羅的神諭，那我現在告訴你：波斯的軍隊將會在四個月內滅亡！」身後的村民紛紛倒抽了口氣，他們沒想到眼前的小女孩竟會講出這番話，他們的眼裡滿是欽佩與敬畏。將軍詫異的看著女孩，要是一般的女人早就跪在地上淚潸潸的求饒，這還是第一個敢對他這般講話的人，他挑起眉，充滿興致的打量起她。「小神諭，你是真的以為我不會做出什麼事嗎！」女孩哼了一聲「你對我做什麼我

並不在意，即使你毀了我的身體，但！對我的信仰不會變。」女孩堅定的看著波斯將軍，身為阿波羅的神諭，她高傲的抬起頭，頭上的白紗在風吹來時隨著金髮飄動。

呵呵的幾聲波斯將軍大笑起來。「把她帶下去。」站在一旁的護衛粗暴的拖拉著德爾菲，丟在死氣沉沉的帳篷內，裡頭濃烈的血腥味不禁讓她鼻子皺了皺，嘴巴乾嘔了幾次。

德爾菲在帳篷內無聊的把玩一頭金髮，等到晚上外頭傳來腳步聲，她立刻警備起來，掀開裙子把右腿上的紗布扯開，手刺進傷口裡掏出一把細小的匕首，悄悄的躲在門後。「哈哈！裡面那個小姑娘看起來挺可口的，你要不要去試試啊！」「別吧！她可是將軍的女人」「少來了！你會把愛人放在這骯髒的地方嗎？」那名士兵被別人煽動的心正蠢蠢欲動，心想應該沒人發現吧！便對另一名士兵會心一笑。德爾菲在裡面聽得一清二楚，心頭暗叫不妙，如果一個人她還可以應付，但兩個士兵……！何況她還是帶著傷的！算了，大不了魚死網破！「小姑娘？」他們一走進來，並未發現躲在一旁的德爾菲，她一個偷襲，匕首狠狠劃破在後人的脖子，鮮血噴濺在她臉上，男人轉過頭，受傷的士兵倒了下來，壓在他身上，德爾菲伺機而上，趁他驚慌的片刻再往他身上刺，可這次男子已有戒心，一個反手握住了德爾菲纖細的手腕反折，她痛的鬆開手，匕首掉落在地上，男人另一隻手快速扣

住德爾菲的脖子把她壓在冰冷的地上，德爾菲眼中閃過一絲冷冽，雙腳夾住士兵的脖子，用力一夾，嗚的痛苦聲從士兵嘴裡傳來，扣在德爾菲身上的手也隨之滑落，她推開壓在她身上的士兵，撿起地上的匕首，剛踏出一步，腿上的傷口讓她冷汗直冒，可見傷口裂開了，為了藏住匕首她不得不刺破右腿。此地不宜久留，德爾菲割破出一口裂縫，這個帳篷較偏僻，外頭只停了一匹馬，她靈光一閃，摘下頭上金色的月桂冠……。

　　馬兒長嘶了一聲，向前猛衝，身上坐一名帶著金色頭飾的長髮女人，附近的士兵，連忙出來，準備弓箭把駕駛射下來，但不管中了幾箭，上頭的人都不為所動，一名士兵趕緊向前壓制那匹馬，把人從馬上拽下來，這一看，不得了了，上頭壓根不是女人而是剛去送飯的士兵，頭上披著是一塊破布料，士兵暗叫不妙，連忙帶人去查看帳篷內的女孩……。

　　急促的喘息聲在暗夜裡傳來，女孩蒼白著臉，不斷的向前奔跑，她不敢鬆懈下來。他知道自己就算騎馬也逃不過那些人的追擊，不如聲東擊西為自己爭取多一點逃跑時間，她把死去的士兵按在馬上，用頭上的月桂冠當作誘餌，讓人以為上頭的人是自己再讓馬往反方向跑，她就可趁機用多餘的時間離開。再次聽到一聲長嘶，她就知道人已被發現，可至少脫離波斯的軍營了，她現在必須到雅典境內提醒族人，波斯軍隊已攻進希臘的消息。

眼看傷口滲出的血越來越多，德爾菲的唇色也漸漸的蒼白，她眼前一黑，倒在一棵樹下。

　　德爾菲感覺身體不斷在顛簸，她快速坐起身，發現自己正躺在馬車上。

　　「小姑娘，你醒啦！有沒有不舒服的地方？」坐在她對面的阿姨關心的問。

　　「謝謝阿姨的照顧，請問這車要駛去哪兒？」

　　「這車要駛向雅典的，前面那輛是公主的車廂。看你這身穿著想必是神諭大人吧！」

　　德爾菲點點頭，她把來龍去脈告訴大娘，阿姨臉色大變，立刻要求全車停下行程，到中間的車廂稟告公主殿下，殿下一聽跟阿姨的反應一樣，一車隊連忙趕路到雅典。

　　國王聽聞消息親自迎接德爾菲，聽完她的解釋，國王問了問她的身分。

　　「陛下，民女名為緹娜・德爾菲！阿波羅的神諭」她抬起眼簾，瞄了國王一眼。

　　「你姓德爾菲！我的軍團將軍也姓德爾菲，跟你十分相像。」

　　「去傳將軍到殿堂來！」

　　「屬下覲見陛下！」一頭金髮與碧眼出現在眾人面前，他單膝下跪，單手抱在胸前。

　　「兄長？」「緹娜！」兩人震驚的看著彼此。

　　來到了雅典已有了一段時間，這陣子德爾菲都住在阿波羅神殿中。途中她的哥哥有詢問她是否要與他

同住，有傭人照顧也挺好，可她一口回絕了。

目前情況下，各城邦互相同意合作，齊心掃除波斯的勢力。她也得知原來將軍在波斯國的地位非常高，僅次於國王，他從小就被訓練成一名出色的軍事家。他攻下無數的國家，手段殘忍不堪，每一次的攻擊必定血洗全城，讓各國聞風喪膽。

等到戰爭前夕，正在祈禱的德爾菲突然從高台上跌落。她跌跌撞撞的衝到哥哥的府邸，卻不見他的身影。

她騎著馬衝向戰場，腦海中不斷迴盪著相同的畫面，她預言到堤克將戰死沙場！只可惜，趕了一夜路，卻無力改變命運，眼看長劍貫穿堤克的胸膛，德爾菲淒厲的叫了一聲，衝上前推開攻擊堤克的人，接住他倒下的身子。

「兄長？兄長！不……！」看著躺在自己懷中的堤克，德爾菲撕心裂肺的哭，不斷低聲喚著堤克的名字，渴望叫醒他。

德爾菲怒瞪握住長劍的男子，對他咆哮：「你怎麼可以刺殺自己人！」德爾菲輕輕放倒堤克的身子，衝上前拽住那人的盔甲，一腳把他踹在地上「鏘！鏘！」一堆金幣從他身上掉出來，德爾菲撿起一看，上面竟印著波斯的象徵物。「叛徒！」她含著淚，厲聲一喊，她立馬拔出匕首，奮力的刺傷叛徒的胸口，還沒刺進去，便被從後方突襲的波斯士兵捉住手臂，壓在地上。被擒住的德爾菲悲憤的哭泣，恨族人的貪

念更恨自己的無能，保護不了所珍愛的⋯⋯。「帶我去見將軍！」她趕緊調整自己的情緒，現在不是傷心的時候，她必須堅強起來！

　　被壓到將軍的帳篷內，德爾菲眼中滿是決絕，她跪在地上，卑微的爬到將軍面前。將軍一把托起她的身子坐在自己腿上。「將軍，您要我做什麼，我必做，求您讓我殺死那叛徒吧！」德爾菲心如死灰的靠在波斯將軍的懷裡，死死拽住他的衣服。

　　跪在地上的叛徒，不斷磕著頭求饒：「將軍，您不能忘恩負義，當初我們達成的協議可要算話啊！」

　　將軍戲謔的笑了笑。向身旁的護衛使了使眼神，護衛立刻讓人壓制住叛徒。單膝下跪，拔出自己的劍奉給德爾菲。將軍慢條斯理的說：「我承諾你的，送你去冥界取吧！」德爾菲握住它，箭步的上前，一劍貫穿叛徒的心臟，鮮血飛濺於德爾菲的一身，她丟下它，轉身跪在將軍面前，低頭不語。將軍嘆了

圖／鄭安妮

驚艷古亭的五彩拼圖

口氣，走上前，食指挑起她的下巴，讓她仰面與他直視。「讓人帶你下去梳洗一番吧！」

德爾菲把自己浸泡在水裡，旁邊有兩位侍女服侍德爾菲。「小姐，我們為您寬衣。」德爾菲光著身子站起來，雙臂張開，任侍女把厚重的絲綢披在身上。趁著她們不注意，摸走自己的匕首塞到衣服內。在侍女的帶領下，她來到將軍篷內。

波斯將軍躺在獸皮上，手拿著酒，來回晃動，朝著她勾了勾食指。德爾菲顫抖了一下。緩步上前，趴在將軍身上。

在彼此情投意亂時，德爾菲雙眸一冷，一個翻身跨坐在將軍身上，把匕首刺進他的胸口。將軍重重的悶哼一聲，心疼的看著德爾菲，她瞪大雙眸，滿臉的不解：「為什麼不躲？你明明可以躲開的！」她握著匕首的手不斷顫抖，眼淚從她眼中溢出，一滴滴砸在將軍的胸膛上，他疼惜的舉起手輕輕拭去她臉頰上的淚。柔聲說：「你相信一見鍾情嗎？」德爾菲瞬間瞪大雙眸，心隱隱在作痛著。

「我們在錯的時間遇上對的人！如果我不是波斯將軍，你不是希臘神諭，那會是多平凡的愛啊！」

「可我忍不下心去毀了養我長大的家園，但我更不忍傷害你。那就讓我來犧牲吧！」

「不要說了，求求你……！」德爾菲躺在他的胸膛上，悲痛不已。此刻她漸漸回復理智，從報復中清醒過來。她知道他們是不可能的，就算拋開將軍的波

斯國身份，但她是阿波羅的神諭，一輩子不可以戀愛或結婚生子。

「不要哭！我派了最信任的手下護你離開！」

「快走吧！再不走就來不及了！」德爾菲哭出了聲，她抱住將軍的身子，激動的搖頭。

「小姐，該走了！」一道黑影閃進帳篷內，她轉身一看，竟是將軍旁的護衛！

沒等德爾菲反應過來，她已被他接走，護衛眼中閃過一絲淚光。將軍倒在了地上，看著她離去，眼中的柔情久久未散去。

他唯一能做的，就是為她開路，護她周全。儘管接下來帶給波斯的將是巨大的危機，他卻不後悔。他自認給波斯的回報夠多了，就讓他任性一回，為自己活一次。

逃跑的路上出奇的順利，讓德爾菲不可置信。「為什麼會如此順利？」

「殿下安排的。」積在她眼眶的淚再度溢出。她攏了攏身上的大袍，冰冷的風吹來，讓她淒涼的心更加刺痛。她哀戚的看了護衛一眼。「屬下誓死追隨小姐！」護衛面無表情。從一開始將軍知曉德爾菲的計畫，從她的眼睛看到了絕望、憤恨，他只能將計就計，事先為她安排好退路。「恨我嗎？」她問。

幾十年後

「小姐，我從未恨過你，因為你，將軍終於像個有淚有笑的凡人！」護衛已老了，他倚著拐杖跪了下

來，面前是德爾菲的墓。在將軍死後沒多久，波斯軍隊就亂了，德爾菲趁勝追擊把他們打得落花流水。希臘勝利後，國王封了厚賞，感謝她的預言與帶領，果真！波斯軍隊在希臘待不到四個月。將軍的屍體也被她偷偷運了過來，葬於希臘境外，礙於他的身份，她不敢把他葬在境內。

在德爾菲打理完家園，她便過世了。對於德爾菲的逝去，希臘人無比痛苦，為了紀念她，人們把她的故鄉改名為「德爾菲」。護衛葬了空墓，偷偷將德爾菲的屍體遷到將軍的旁邊。

「您終於可以跟將軍廝守了，您不再是神諭，將軍不再是將軍。」說完，護衛漸漸倒在墓旁，這樣他便可以繼續守著將軍了……。

沒人發現德爾菲是笑著離開的，她不願苟延殘喘。曾經這身份對她來說是個榮耀，如今卻成為最大的阻礙！壓得她難以呼吸，或許死亡才是最好的歸宿！

如果她跨越了，結局會不會不一樣？德爾菲最後向天神祈禱，願她下輩子再也不要當神職人員，忍得太累、太痛苦了！「力的作用是互相的，在刺傷你的時候，我也會疼。」在她閉上雙眼時，腦海滿是這段話。

第八屆古亭青年文藝獎小說組優選

圖／鄭安妮

驚豔(ㄇㄚ)古亭的五彩拼圖

城南水岸

李芷葳

民國 93 年生於台北市，現就讀於中山女中，喜愛畫圖、看書和電影。曾獲國立台灣文學館愛詩網新詩創作獎佳作、台北市青少年文學獎國中新詩組佳作、古亭青年文藝獎散文組優選與新詩組優選。作品入選《邂逅古亭的 56 朵芳菲》。

文字是很神奇的符號，拼組他們更是深奧的藝術。期望未來我有更多創作，繼續進步！

城南水岸

李芷葳

城南陰雨的岸邊
我得將傘拋棄
任雨水　　滴穿邏輯
引一道瀟灑的溝渠
讓和風帶著新店溪水
盪漾藝旦的樂音

滲入木格窗內
滿園的草綠
隨著茶香與酒氣
流經　一個個墨客
如風過時　樹影的顫動
即使今天
也拌了點囂塵

細聽——
木廊上　低徊的跫音
詩句踏著足印
向記憶深處尋覓
文學於心底盤根
深植　這座森林

第八屆古亭青年文藝獎新詩組優選

圖／李芷葳

驚豔（ㄢ）古亭的五彩拼圖

殘破飛行地圖上的極光

顏子玞

民國 96 年生，興趣是畫畫、打球、聽音樂和看電影。目前是信友堂鳴恩管絃樂團第一小提琴手。本詩為南投青少年文學獎新詩組第一名得獎作品。此外也曾獲得南投青少年文學獎散文組第二名、金陵文藝獎國中新詩組第二名、台北市暨教育部海洋詩創作徵選國中組兩個優等獎、全球華文學生文學獎國中組新詩入圍。

殘破飛行地圖上的極光——
記凍頂山上迷航的蛇目皇蛾

顏子玕

為何迫降在那一叢青綠的茶樹間？
是不是因為妳缺角的飛行地圖
不經意遺落了至為重要的飛航路線？

深夜，靜謐的凍頂山上
蠡斯正啓動唧唧的動力引擎
為極力重新啓航的妳激昂的 配音
而此時明月當空、天朗氣清
沒有霧氣的盛夏正好適合飛行

於是，妳撲哧撲哧地賣力拍動
那一如部落民族圖騰的翅翼
死命地向著路燈擎舉的光炬
飛撲，妳缺角的飛行地圖再度折損

長夜裡，儘管無盡的拼搏
在一次又一次　墜落中
妳一次又一次重新　啓航
妳的頑強意志終於　顯影出
完美的　飛航路徑
在妳殘破的飛行地圖上

凍頂山上孤獨的鬥士！
我看到妳反覆趨向生命的極光

　　　　　2019 南投青少年文學創作獎國中組新詩第一名

圖／顏子珏

驚豔（一ㄢ）古亭的五彩拼圖

山的故事

賴玫妤

民國 96 年生於宜蘭，現就讀於古亭國中。偶爾透過繪畫、寫作抒發或表達心裡的想法，記錄下與外界來往的感想。曾獲得南投青少年文學創作獎國中新詩組佳作、全國數感杯青少年數學寫作競賽國中組新詩佳作、台北市「上網不迷網」創意標語比賽國中組特優、古亭青年文藝獎散文組佳作與新詩組佳作。

山的故事

賴玫妤

神創造出人的時候
矮人們放肆的時候
他請日月潭微笑的看著，希望故事能穿透歲月

太陽被射中的時候
巨鰻堵著河的時候
他讓濁水溪微笑的聽著，相信故事會精妙入神

人們找到米的時候
鳥尋找出路的時候
他和合歡山微笑著訴說，那乘風穿越過久遠年
代的故事

流傳在南投山間的神話
如圖騰般錯落著點綴祖靈的微笑
山說　自己從不願意接觸那城府深沉的海洋
山說　自己只想對林中的生意百般疼惜

而那由故事編織的鄒族之歌
仍會迴盪在連綿的峰巒
響徹彩虹橋對面的雲霄

2019 南投青少年文學創作獎國中組新詩佳作

圖／賴玟妤

圖／賴玫妤

驚艷（ㄧㄢˋ）古亭的五彩拼圖

雪的隧道

顏子騂

民國 93 年生於台北市，目前就讀永平高中美術班。喜愛幻想，腦筋裡總有許多美好的點子，是「不會爬，就會跑」的「異類」。對圍棋、花式跳繩、自然觀察、繪畫有濃厚興趣。曾獲國語日報孝親圖文創作佳作、台北市海洋詩創作國中組優選等。本詩為第九屆古亭青年文藝獎新詩首獎作品，描述臺中新社梅花隧道雪白花海的迷人景致。

雪的隧道——
遊臺中新社鄉梅花隧道

顏子騂

是她們瘦骨嶙峋的手
為我們輕輕掬起的一場　初雪
以一身潔白的薄紗鋪蓋成
通向春天的　隧道

徘徊了一整個冬季的風
在一陣疲憊困頓中
不經意被酣睡著的天使　絆倒
那窸窸窣窣的嚶嚶哭泣
是告別舊歲的　無聲炮竹
以薰暖的陽光　點燃
無數繽紛的　煙花

一片片　一片片
那白皙如雪的花瓣
飄落著　飄落著
是霑被著舊歲傷愁的　淚
抑或是撒布著新歲歡悅的　笑

千瓣　萬瓣
當和煦的陽光　伸手
悄悄的摩娑著那一片片　花雪
鋪綴而成的　絨氈
我的足心隔著厚厚的　鞋底
依舊可以輕觸到一股隱隱的　餘溫
──那曾經是群蜂
忍禁不住的　吻
在幽幽的隧道中
伴我靜靜穿越
一整個雪白季節的
香

第九屆古亭青年文藝獎新詩組首獎

圖／顏子騂

驚豔古亭的五彩拼圖

藍眼淚

呂宸安

民國 95 年出生於台北市，現在就讀古亭國中。喜歡吃和睡，對鋼琴和大提琴很有興趣，平時無聊就寫一些小說，受到老師的啟發進而開始寫詩，很享受沉浸在新詩裡的喜悅。曾經獲得古亭青年文藝小說組優選與新詩組佳作、台北市國中經典閱讀「以書映光」活動優選。作品入選《邂逅古亭的 56 朵芳菲》。

藍眼淚

呂宸安

蒼穹珍藏的異寶
墜入澎湃的璀璨
飄逸著漫天仙氣
岩石氤氲浮沉
藍霧彷彿幽靈
遊蕩海面
在夜晚嗚咽
述說著戰火的遺跡
寂靜中掬起流光星海
揮灑天際
縹緲　清晰
幻成無窮的螢河
飛入每個幽夢　似錦

圖／曾敬婷

驚艷「ㄇ」古亭的五彩拼圖

驚艷古亭的五彩拼圖

黑死病

羅　依

民國 95 年的出生於台北市，目前就讀古亭國中。喜歡閱讀金庸小說、古典詩詞、貓戰士，也喜歡聽音樂、彈鋼琴、拉提琴、解數學，更喜歡和家裡那隻虎斑小狗玩耍。喜愛邏輯和規律，也熱愛傻笑跟放空。感謝老師的教導，才能讓時常缺少感性浪漫細胞的我寫出一點東西。曾獲古亭青年文藝獎新詩組優選、小說組佳作。

黑死病

羅　依

永夜
尖銳鳥嘴
死神　一襲黑衣
從黑色黏稠的地獄
爭先爬出
拖著兩億個號哭的冤魂
墜入無盡黑洞

星光
含笑的臉
垂死　一抹慘白
圍牆切割了生　命
向天堂遠眺
伊姆村白色小教堂
尊嚴敲響喪鐘

白湧黑
黑現白
生育死
死孕生

圖／陳柏融

第九屆古亭青年文藝獎新詩組優選

驚艷古亭的五彩拼圖

口罩

羅唯嫚

西元 2008 年生於新北市,目前就讀古亭國中七年級。

平常在發呆的時候,腦袋總是想到一些有的沒的句子並把它們記錄在筆記本裡,尤其是在一個人的時候,我就會進入到自己的世界裡,用屬於我的想像力,創造屬於我的文章。

口　罩

羅唯嫚

盡了全力保護
無時無刻包覆
倘若罩地緊了
便會出油冒痘
關愛的籠罩形影不離
請別再壓抑
懦弱的面容
瀕臨窒息

圖／羅唯嫚

驚豔（ㄢ）古亭的五彩拼圖

在一聲喵之後

吳芸宴

民國 94 年出生於台北市，現就讀景美女中。曾獲得古亭青年文藝獎新詩組優選與佳作，作品入選《邂逅古亭的 56 朵芳菲》。
我的意識總是存在著一堆貓，時不時就會拉著我遨遊世界，並給我一些稀奇古怪的想法，讓我無邊無際的幻想。希望高中能繼續創作，並且朝著長詩邁進。

在一聲喵之後

吳芸宴

老鐘敲響十二聲
機靈的短尾
摸不透的眼神
逃脫　名為黑夜的
紙箱
在一聲喵之後
黑白默劇　上映

旭日吵醒一個世界
溫柔的爪子
抓不著的心思
尋找　倒滿陽光的
毛毯
在一聲喵之後
彩色罐頭　開啟

圖／吳芸宴

第九屆古亭青年文藝獎新詩組優選

驚艷古亭的五彩拼圖

（ㄢ）豐艷 古亭 的 五彩 拼圖

蝸牛・立可帶

張之榮

民國 96 年生於台北市，現在就讀古亭國中。曾在加拿大生活六年，喜歡美勞和做白日夢，喜歡收集特別的石頭，尤其是沙灘的海玻璃，也喜歡看英文小說。在古亭國中的學習生涯中，希望能交到志同道合的好朋友，一同快樂學習。也期許在師長的教導下，能讓自己更上層樓！

蝸牛・立可帶

張之榮

爬過　試卷的山路
越過　詞彙的小橋
嚐一嚐　墨水的滋味
緩緩的　留下夢想的痕跡

圖／張之榮

驚豔（ㄢ）古亭的五彩拼圖

棉花糖

彭鈺芳

民國 95 年出生於台北市，現在就讀古亭國中，曾經獲得古亭青年文藝獎新詩組佳作。喜歡幻想、耍廢，嚮往自由、悠閒的生活，偏愛文具，往往可以在文具店逛一個下午。

在創作的過程中，會經歷很多次修改，會從網路上搜尋資料，也會請教同學和老師，當然也要發揮自己的幻想。寫詩真的要很有耐心，完成時心中會有一種輕鬆與愉悅感。

棉花糖

彭鈺芳

雪　自由的
降在氤氳的表面
落在濃郁的香甜
雲　變成難以捉摸的形狀
描繪出孩子們的笑顏
虹　創出色彩繽紛的世界
向花朵採了淡淡緋紅
被嫩葉染了柔柔淺綠
與檸檬借了暖暖鵝黃
又從天空裁剪了一角蔚藍
隨著微風　渲染出孩子們
彩色的甜蜜

圖／吳家萱

第九屆古亭青年文藝獎新詩組佳作

驚豔（ㄢ）古亭的五彩拼圖

蒙太奇

李芷萱

民國 93 年出生於台北市，現在就讀中山女中。從小喜歡畫畫，喜歡做的事有射箭、畫圖、看電影和看書，還喜歡看別人追夢。寫作之旅啟程於一次惱人的作業，沒想到國中三年，文學竟讓我的生活綴上不同的色彩。曾獲新北市文學獎青春組散文佳作、長庚生物科技感恩創作活動國中新詩組佳作、古亭青年文藝獎新詩組首獎和佳作。

蒙太奇

李芷萱

微光喚醒——
那天　一格一格
黑夜闔上鏡頭
註記　星空與我的結語

日子總愛吞下　情懷吐露的墨痕
月份似蒼天誦讀一篇詩句
追逐　取名印象的浪頭
我　向海角林野
撿拾　光影倒轉的足跡
腳本佈局　我
沾了涕淚當雨滴
向塵囂借了點　時間
諦聽未來　轉自記憶的
叩問

一格一格
填色青春的影像
隱隱回顧
從前　關於我的

第八屆古亭青年文藝獎新詩組首獎

圖／李芷萱

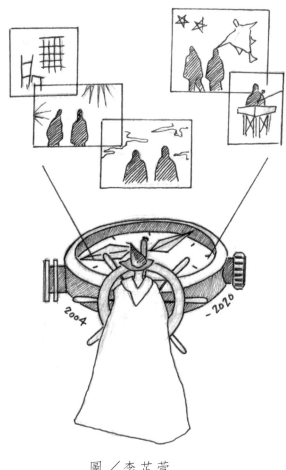

圖／李芷萱

驚豔(一ㄢˋ)古亭的五彩拼圖

鏡面

羅椿筵

民國 93 年出生於台北市，現在就讀成淵高中。熱愛繪畫 & DIY 事物。曾獲教育部海洋詩創作徵選高中組特優、澎湖縣菊島文學獎青少年組現代詩首獎、台北市第 11 屆及第 12 屆青少年文學獎國中新詩組優選、《北市青年》金筆獎國中新詩組佳作、台灣癲癇醫學會人間有情關懷癲癇徵文比賽國中組佳作、新北市工務局短文徵選特別獎、古亭青年文藝獎新詩組首獎與優選。

鏡　面

分隔成兩個世界
一條界線的清晰
看似在望
卻　又十分遙遠
顧忌源自怯懦
愕然　詫異
偶然的邂逅

日光照在玻璃之上
映照的是我的畏縮
刻畫的是變化的身影
時間在後方拉起封鎖線
我們還有回憶遠溯

一個無形封印
沉默著兩方地域
是同個生命
思緒依舊有分歧
在深邃的空間裡
劃開距離之後
我們會一直
平行

第七屆古亭青年文藝獎新詩組首獎

圖／呂千玉

圖／羅椿筳

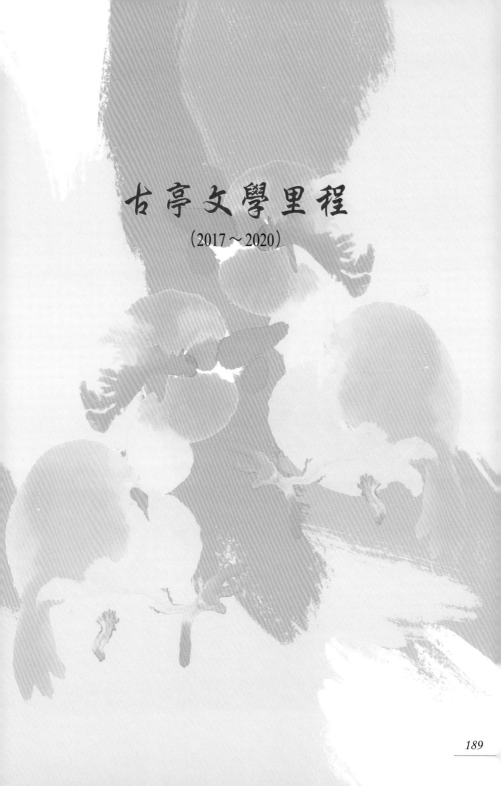

古亭文學里程

（2017～2020）

古亭文學里程（2017～2020）

❀ 2017.3. 第六屆古亭青年文藝獎得獎名單揭曉：新詩組首獎屈妍兒〈俘虜〉，散文組首獎梁棠堯〈不變的回憶〉，小說組首獎徐培峰〈是非〉。

❀ 2017.3. 陳亭妤榮獲第十四屆人間有情關懷癲癇徵文比賽國中組第二名，羅椿筵榮獲同項比賽佳作。

❀ 2017.3. 張楚秦〈天亮了〉、王芃雯〈糖果〉、高婕玫〈夏〉、陳亭妤〈字〉、羅椿筵〈泡泡〉、于雨仟〈包子〉、陳貞廷〈色鉛筆〉分別榮獲《北市青年》第廿四屆金筆獎國中組新詩佳作，盛馨儀〈逃生〉榮獲同項比賽小說組佳作。

❀ 2017.5. 羅椿筵〈水族箱〉、梁舒婷〈印表機〉分別榮獲第十一屆台北市青少年學生文學獎國中新詩組優選；曾詩穎〈門〉榮獲同項比賽國中散文組優選。

❀ 2017.5. 古亭國中校刊《古亭青年》92 期出刊，隨刊印行學生詩作書籤邱湘婷〈水中月〉、屈妍兒〈鄉思〉、羅椿筳〈水族箱〉三張。

❀ 2017.5. 古亭國中榮獲台北市教育叢書季校刊競賽國中團體組第三名，古亭國中校刊《古亭青年》91 期榮獲台北市校刊競賽國中組特優，《舞穗》榮獲台北市教育叢書競賽國中組特優。

❀ 2017.6. 黃淑琪〈地球悲歌〉榮獲長庚生技感恩創作活動國中組新詩第三名，李芷萱〈揮別塵濁〉榮獲同項比賽同組佳作。

❀ 2017.11. 李芷葳〈尋詩列車〉榮獲國立台灣文學館 2017 愛詩網徵文活動新詩創作獎青少年組佳作。

❋ 2017.12. 羅椿筵〈淚的痕跡〉榮獲第二十屆菊島文學獎青少年組現代詩首獎。

❋ 2018.3. 第七屆古亭青年文藝獎得獎名單揭曉：新詩組首獎羅椿筵〈鏡面〉，散文組首獎屈妍兒〈溫柔‧與微風共舞〉，小說組首獎卜翎倩〈Synaesthesia〉。

❋ 2018.3. 高暐媟〈規則〉榮獲《北市青年》第廿五屆金筆獎國中組新詩第一名，王怡婷〈如果我還有〉榮獲同組第三名，陳貞廷〈紙鶴〉、張馥年〈鏡子〉、彭苡庭〈化妝〉、陳亭妤〈近視〉榮獲同組佳作。

❋ 2018.5. 羅椿筳〈煮詩〉榮獲第十二屆台北市青少年學生文學獎國中新詩組優選。李芷葳〈詩的可能〉、王怡婷〈如果 睏〉分別榮獲同一比賽同組佳作。

❋ 2018.5. 古亭國中校刊《古亭青年》93 期出刊，隨刊印行學生詩作書籤羅椿筳〈煮詩〉、王怡婷〈如果 睏〉、李芷葳〈詩的可能〉三張。

❋ 2018.5. 古亭國中校刊《古亭青年》92 期榮獲台北市校刊競賽國中組特優。

❋ 2018.10. 李芷萱〈沉穩的悸動〉榮獲第八屆新北市文學獎青春組散文佳作。

❋ 2018.11. 古亭國中編印《邂逅古亭的 56 朵芳菲》詩集，由楊維仁老師主編，萬卷樓圖書公司出版。

✿ 2018.11. 古亭國中製作「古亭詩籤」一套 12 張，直式包括羅椿筳〈流星雨〉、王芃雯〈咖啡〉、鄭安妮〈寂寞〉、李芷葳〈路過〉、秦楠淳〈月〉、呂宸安〈星河〉6 首，橫式包括陳亭妤〈近視〉、李芷萱〈弓箭〉、高暐媃〈做作〉、趙恩群〈平行〉、陳貞廷〈髮飾〉、顏子騂〈通往二校的格列佛隧道〉6 首。

✿ 2018.11.10. 古亭國中舉辦《邂逅古亭的 56 朵芳菲》新書發表會。

✿ 2018.12. 王芃雯〈越過鵲橋遇見你〉榮獲台北市國中性別平等教育宣導月「愛的時光隧道」小小說創作比賽特優。

❀ 2018.12.20.《中學生報》第 11 版專文報導古亭國中出版《邂逅古亭的 56 朵芳菲》詩集。

❀ 2019.1. 余奕融〈鏡頭下的南機場〉榮獲台北市國中生命故事徵文比賽入選。

❀ 2019.3. 楊雅筑〈鉛筆〉榮獲《北市青年》第廿六屆金筆獎國中組新詩第一名，林莫凡〈長頸鹿〉榮獲同組佳作，鄭安妮〈破蛹而生〉榮獲國中組小說佳作。

❀ 2019.3. 第八屆古亭青年文藝獎得獎名單揭曉：新詩組首獎李芷萱〈蒙太奇〉，散文組首獎王芃雯〈眷戀你的溫柔〉，小說組首獎郭靖珩〈真相〉。

❀ 2019.4. 王芃雯、李岱芸同時榮獲第十六屆人間有情關懷癲癇徵文比賽國中組第二名。

❀ 2019.5. 秦楠淳〈三點一刻的奇想〉榮獲第卅八屆全球華文學生文學獎國中組新詩第二名。

❀ 2019.5. 古亭國中校刊《古亭青年》94 期出刊，本期以「古亭文青風」為主題，並專訪羅椿筳、李芷萱、王芃雯、鄭安妮四位文藝青年。

❀ 2019.5. 古亭國中榮獲台北市教育叢書季校刊競賽國中團體組第一名，古亭國中校刊《古亭青年》93 期榮獲台北市校刊競賽國中組特優，《邂逅古亭的 56 朵芳菲》榮獲台北市教育叢書競賽國中組特優、美編獎。

❀ 2019.6. 古亭國中發行《人不文青枉少年：古亭國中第五十五屆畢業典禮文學表現優良獎專輯》四頁專刊。

❀ 2019.8. 古亭國中舉辦為期兩天的暑期文學寫作營，由楊維仁老師、李姬穎老師任教，並舉辦「植物園尋詩」活動。

❀ 2019.10. 顏子珏〈殘破飛行地圖上面的極光〉榮獲 2019 南投青少年文學創作獎國中組新詩第一名，賴玟妤〈山的故事〉榮獲同項比賽同組佳作。顏子珏另以〈與臺灣長臂金龜的揮別〉榮獲同項比賽國中組散文第二名。

❀ 2019.12. 顏子珴、顏子驊榮獲台北市海洋詩創作比賽國中組優選，鄭融禧榮獲同項比賽佳作。

❀ 2019.12. 古亭國中以「全校式藝術與文學教育」推動，榮獲2019教育部「藝術教育貢獻獎全國績優學校」。

❀ 2020.3. 蘇怡璇〈Ｘ〉榮獲2020數感盃青少年數學寫作競賽國中組新詩優選，賴玫好〈政客〉、周敏歆〈「數美」遠行〉分別榮獲同項比賽同組佳作。

❀ 2020.3. 顏子珴〈金山磺港蹦火節〉榮獲教育部第二屆海洋詩創作比賽國中組優選，鄭融禧〈姆 海底龍宮〉榮獲同組佳作。

❀ 2020.3. 胡宸菡〈雕像〉榮獲《北市青年》第廿六屆金筆獎國中組新詩第一名，古亭國中學生連續三年蟬聯國中組新詩組首獎。蕭裔洋〈回憶〉榮獲國中組新詩佳作，陳奕璇〈白色〉榮獲國中組散文佳作，李恩慈〈延續〉榮獲國中組小說佳作。

❀ 2020.3. 陳奕璇榮獲第十七屆人間有情關懷癲癇徵文比賽國中組第三名。

❀ 2020.4. 第九屆古亭青年文藝獎得獎名單揭曉：新詩組首獎顏子騂〈雪的隧道〉，散文組首獎周敏歆〈餡餅師傅與幸福攤車〉，小說組首獎江曉虛〈第三個願望〉。

❀ 2020.6. 古亭國中校刊《古亭青年》95 期出刊，隨刊印行學生詩作書籤胡宸菡〈雕像〉、顏子騂〈雪的隧道〉、秦楠淳〈三點一刻的奇想〉三張。

❀ 2020.6. 秦桐彤、尤羿萱分別榮獲第 16 屆世界兒童俳句比賽（第 16 回世界こどもハイクコンテスト 2019-2020）優勝（大賞），鄭融禧榮獲同項比賽佳作（入賞）。

❀ 2020.7.《國文天地》月刊版專文介紹古亭國中《邂逅古亭的 56 朵芳菲》詩集。

❀ 2020.8. 古亭國中舉辦為期兩天的暑期文學寫作營，邀請楊維仁老師、李筱涵老師、楊隸亞老師擔任講座，並參訪文訊雜誌與紀州庵文學森林。

❀ 2020.9. 馬日親榮獲台北市國中經典閱讀「以書映光」徵文活動優良作品。

❀ 2020.10. 胡宸菡榮獲新北市工務局「聊新北，話工務」短文徵選學生組優等。

❀ 2020.10. 呂宸安、魏楡誼、鄭倖安榮獲台北市國中經典閱讀「以書映光」徵文活動優良作品。

❀ 2020.11. 古亭國中編印《驚艷古亭的五彩拼圖》，楊維仁老師主編，萬卷樓圖書公司出版。

編輯感言

編輯感言

拚綴五彩青春，纂輯一冊璀璨

楊維仁

　　兩年前，古亭國中編輯出版了《邂逅古亭的 56 朵芳菲》，可說是全國國民中學破天荒的創舉，發行之後屢次獲獎，佳評如潮。但是，我們並不以此自限自滿，仍想做出嶄新的突破；這兩年來，古亭學子的文藝創作五彩紛呈，迭創佳績，我們希望這些作品能有集結發表的機會；當年《邂逅古亭的 56 朵芳菲》所收錄的作品僅限於新詩，古亭國中其實還有其他各類型的文藝作品，也值得和各界讀者分享。基於以上原因，我們再次策畫了這本《驚艷古亭的五彩拼圖》。

　　本書以《驚艷古亭的五彩拼圖》作為書名，呈現新詩、散文、小說、俳句、絕句各色樣貌的作品四十三篇，其中包含在校學生作品二十八篇，以及近年畢業校友就讀古亭時期的作品十五篇。其實，本校學生與校友佳作如雲，礙於篇幅限制，只能在主編觀點之下，割愛為數不少的優秀作品，我個人對於這些滄海遺珠，致上深深的憾意。

　　古亭國中只是一所四百多個學生的小型學校，在人力物力並非充沛的條件下，再度獨力出版一本藝文書籍，著實是件浩大的工程。感謝古亭國中林泰安校長的信任和支持，感謝鍾勝華主任、顏錦江主任、羅嘉明組長鼎力後援，

感謝古亭國中國文科團隊的指導與協助，使得本書的編輯出版得以順利完成。當然，萬卷樓圖書公司張晏瑞總編輯和林以邠編輯更是本書出版發行的關鍵，我也要表達無限的謝意。

延續《邂逅古亭的 56 朵芳菲》一書的特色，本書所有作品的插畫，全都由本校學生親自繪製，甚至有七成以上的作品，插畫是由作者親力完成。本書結合學生文學與藝術的創作，也正是古亭國中近年來為人所津津樂道的特色！忝為主編，我特別要感謝江紫維老師、王家笛老師對學生繪製插畫的指導，並且大力協助本書的美編工作。

我是一個古典詩的愛好者和創作者，以往曾經編輯過多本古典詩集，兩年前首次編輯現代詩集《邂逅古亭的 56 朵芳菲》，是一次非常美好的經驗，其實也算是個人退休前為自己編輯的一本「畢業紀念冊」。很榮幸在退休之後，仍被委以主編《驚艷古亭的五彩拼圖》的任務，更擴大範圍，編輯這一本綜合性的文藝專集。囿於自己的學養與見識不足，這本書籍如果有什麼缺失，都是我無可推卸的責任，懇請作者寬恕，也請讀者海涵。

羅椿莛　羅依　李芷葳

顏子環　鄭幸妮

顏子驊　陳思嫻 Selina　陳琬琁 Juel Chu

賴玫妤　蕭沁惠　楊雅筑

周敏歆

李想慈

蕭裔洋

研庇蓟

羅嗔優

蘇怡璇

鄭融蓁　苟奕宇　馬日親

張之築 Chelsea

薛樂容　路婷　尤羿萱

彭鈺芳　秦楠淳　蔡溙

王芃雯

吳芸宴

李芷菫　Miu 王品達　郭靖珩

秦桐彤

文化生活叢書 ・ 詩文叢集 1301052

驚艷古亭的五彩拼圖

製　　作	林泰安	
編輯顧問	徐郁秦　李美螢　陳怡雲	
	顏錦江　鍾勝華　王培玲	
主　　編	楊維仁	
編　　輯	羅嘉明　王語禎　陳怡雅	
美　　編	江紫維　王家笛	
封面設計	王家笛	
臺北市立古亭國民中學		
發 行 人	林慶彰	
總 經 理	梁錦興	
總 編 輯	張晏瑞	
編 輯 所	萬卷樓圖書（股）公司	
發　　行	萬卷樓圖書（股）公司	

臺北市羅斯福路二段 41 號 6 樓之 3

電話 (02)23216565

傳真 (02)23218698

電郵 SERVICE@WANJUAN.COM.TW

香港經銷

香港聯合書刊物流有限公司

電話 (852)21502100

傳真 (852)23560735

ISBN 978-986-478-383-0

2020 年 11 月初版一刷

定價：新臺幣 360 元

如何購買本書：

1. 劃撥購書，請透過以下帳號
　　帳號：15624015
　　戶名：萬卷樓圖書股份有限公司
2. 轉帳購書，請透過以下帳戶
　　合作金庫銀行 古亭分行
　　戶名：萬卷樓圖書股份有限公司
　　帳號：0877717092596
3. 網路購書，請透過萬卷樓網站
　　網址 WWW.WANJUAN.COM.TW

大量購書，請直接聯繫，將有專人
為您服務。(02)23216565 分機 650

如有缺頁、破損或裝訂錯誤，請寄回
更換

國家圖書館出版品預行編目資料

驚艷古亭的五彩拼圖 / 林泰安製作；
楊維仁主編 . -- 初版 . -- 臺北市：
萬卷樓，2020.11
　　面；　公分 . -- (文化生活叢書 . 詩文
叢集；1301052)

ISBN 978-986-478-383-0 (平裝)
831.51　　　　　　　　　109014925